STEFANIE NEEB

Und wer rettet mich?

FISCHER Taschenbuch

Originalausgabe

Erschienen bei FISCHER Kinder- und Jugendtaschenbuch
Frankfurt am Main, Mai 2018

© 2018 S. Fischer Verlag GmbH, Hedderichstr. 114,
D-60596 Frankfurt am Main
Satz: Dörlemann Satz, Lemförde
Druck und Bindung: CPI books GmbH, Leck
Printed in Germany
ISBN 978-3-7335-0336-9

Brandunglück   06:54
Abiturfeier endet in Flammen

In der Nacht von Freitag auf Samstag brach aus noch ungeklärter Ursache ein Feuer in der Scheune eines Hofes am Willsberg aus. Etwa 86 Abiturienten des Städtischen Gymnasiums feierten dort ihren Schulabschluss.

Als um 0:53 Uhr der Notruf bei der Feuerwehr einging, hatten sich die meisten Schüler schon ins Freie retten können.

Einen 18-Jährigen konnten die Rettungskräfte allerdings erst in letzter Minute aus den bereits meterhoch schlagenden Flammen ziehen. Der junge Mann wurde ins Krankenhaus eingeliefert.

Ein Ausbreiten des Feuers auf benachbarte Gebäude konnte die Feuerwehr verhindern, die Scheune aber brannte bis auf die Grundmauern ab.

Der Sachschaden liegt nach ersten Schätzungen bei 20 000 Euro.

Die Brandursachenermittlung wurde aufgenommen.

»KIM, bist du wach?«

Ich höre die Stimme, ich schlafe nicht wirklich. Sie klingt dumpf zu mir rüber, wie aus dem Lautsprecher meiner Anlage, nur auf ganz leise gestellt. Aber ich will mich nicht bewegen, nie wieder, und höre einfach weg.

»Kim, bist du wach?« Die Anlage scheint auf repeat gestellt zu sein. Jemand setzt sich zu mir, die Matratze gibt nach, und ich spüre eine Hand, die über meine Stirn streicht. Ich würde sie gerne wegwischen, aber dann müsste ich mich bewegen. Also lasse ich sie da.

»Kim, du musst aufwachen.«

»Ist er tot?« Die Augen lasse ich zu. Sagt man das nicht auch? Die Augen vor der Welt verschließen? Ist aber ein Scheißspruch, das funktioniert nämlich nicht. Selbst im Dunkeln lebt man weiter, die Bilder von gestern Abend lassen mich nicht los. Ich sehe das Feuer. Ich kann es hören. Hätte vorher nie geglaubt, dass Feuer so laut sein kann. Alle rennen weg, nur ich bleibe stehen und suche. Ich suche nach dir, nach dunklen Haaren, deinem Hemd, deinen Schuhen – nach irgendwas von dir – und starre in das Chaos. Aber ich sehe dich nicht. Blaulichter zerreißen hinter mir den schwarzen Himmel, Sirenen heulen. Es wimmelt von Feuerwehrleuten. Polizei und Sanitäter kommen, und plötzlich höre ich diese Stimme rufen: »Da ist noch jemand drin!« Sie klingt panisch.

Dann tragen sie dich heraus, und ich höre einen Schrei. Er ist schrill, furchtbar schrill, als würde man jemanden abschlachten. Ich halte mir die Ohren zu, doch er hört erst auf, als alles um mich herum schwarz wird.

»Ist er tot?« Auch ich bin auf repeat.

»Nein, er lebt. Jasper hat großes Glück gehabt.«

In diesem Moment lasse ich los, mein Körper verliert an Spannung und sinkt immer tiefer. Ich spüre, wie sich die Schlinge um meinen Hals löst und ich wieder Luft bekomme. Mein Blut beginnt wieder zu fließen, es wärmt mich: meine Beine, meine Arme, meine Hände. Er lebt! Alles andere ist erst einmal egal.

»Wir haben Besuch, Kim.«

Ich drehe mich zur Seite, von ihr weg. »Vergiss es!«

»Die Polizei ist da.«

Mit diesem Satz lässt sie mich endlich allein, und ich öffne die Augen.

Hier bei uns hatte ich nicht mit denen gerechnet, und schon gar nicht so schnell. Die Polizei, dein Freund und Helfer – das ist der größte Mist, den man Kindern erzählen kann. Dein Feind und Heuchler trifft es wohl besser. Und damit meine ich alle Arschlöcher, die sich hinter Uniformen verstecken. Als ob das was nützt.

Wenn man Scheiße in Geschenkpapier wickelt, bleibt es immer noch Scheiße.

Von mir erfahren die gar nichts! Nicht, bevor ich mit Jasper geredet habe.

Ich rolle mich aus dem Bett und versuche, aufzustehen. War wohl ziemlich lange ausgeknockt, durch die Vorhänge knallt die Sonne, und ich fühle mich ganz steif. Zum Kleiderschrank ist es nicht weit, aber schon auf dem ersten Meter komme ich ins Stolpern. Ich kann mich zwar an der Kommode abfangen, aber meinen Ellbogen erwischt es hart.

»Scheiß Tasche«, zische ich und versuche, den Griff wegzustrampeln, der sich wie eine Schlinge um meinen Knöchel gelegt hat. Die gehört da gar nicht hin – die gehört gar nicht mir. Jasper wollte nach der Party bei mir pennen und hatte seine Fußballklamotten schon vorher hier geparkt.

Aber der Griff ist hartnäckig, und ich muss mich bücken, um ihn abzukriegen. Alles dreht sich. Scheiß aufs Umziehen, die kriegen mich pur!

Die Treppe nach unten ist auch gegen mich. Die Stufen verschwinden und tauchen da wieder auf, wo meine Füße sie nicht erwarten. Aber das Zeug, das mein Vater mir gestern noch eingeflößt hat, scheint mir Flügel zu verleihen. Ich lande erstaunlicherweise sicher unten im Flur. Vitamine waren das bestimmt nicht.

Im Wohnzimmer schaue ich in die erwartungsvollen

Gesichter unserer Gäste. Zwar in Zivil, aber ich kann es riechen: Polizeiweibchen und Polizeimännchen – Good Cop, Bad Cop, wer ist wohl wer?

Meine Mutter hockt ihnen gegenüber am Tisch, und aus der offenen Küche höre ich das Dampfen von Papas Schätzchen, der scheißteuren, vollautomatischen Kaffeemaschine. Espresso für alle, wie nett von ihm.

»Hallo, Kim«, begrüßt mich die Polizeitussi, die kaum älter als ich sein kann. Sie mustert mich unverhohlen neugierig. Was sie da sieht, ist nicht wirklich Topmodel-like: kurze, schwarze Haare, graue Jogginghose, weißes Top, verstrubbelt, zerknautscht, barfuß. Ich muss ein Lachen unterdrücken, als ich mir vorstelle, wie sie gleich mit Heidis Piepsstimme sagt: »Sorry, mein Liebes, aber ich habe heute leider kein Foto für dich.«

Ruhig bleiben, Kim, ermahne ich mich, sei vorsichtig!

»Kennen wir uns?« Meine Stimme kratzt, klingt aber genauso unfreundlich, wie ich es meine. Hinter mir höre ich, wie mein Vater scharf die Luft einsaugt.

Unkonventionelles Verhalten hasst er mindestens genauso sehr wie Patienten, die alles besser wissen. Ist mir aber gerade mal so was von scheißegal!

Miss Polizei zeigt keine Regung, aber das Interesse ihres Partners konnte ich wecken, er schaut zu mir rüber, sein Blick ist kalt.

»Das ist mein Kollege Schwindt, und mein Name ist Petra Heitmeier. Kim, wir sind hier, um dir ein paar Fragen zum gestrigen Abend zu stellen.« Ihre Stimme klingt sanft, aber bestimmt. Hat sie sicher lange für üben müssen.

»Echt? Da bin ich aber erleichtert. Ich dacht schon, ich hätt mal wieder falsch geparkt.«

»Das reicht, Kim!« Der Ton meines Vaters ist auch bestimmt, allerdings alles andere als sanft, und ich spüre seinen brennenden Blick im Rücken. Aber ich halte ihn aus. Die Zeit, in der ich Angst vor seinen Augen hatte, in denen ich gezittert habe vor dem, was danach kommt, ist lange vorbei.

Das Brennen lässt nach, und seine Stimme hat wieder diesen butterweichen Unterton, ganz der charmante Gastgeber, als er das Tablett mit den edlen Espressotassen auf den Tisch stellt. »Es tut mir leid, Kim ist von den Ereignissen noch sehr mitgenommen. Sie ist gestern zusammengebrochen und hätte eigentlich in die Klinik gehört. Wir haben sie aber lieber hier versorgt. Zucker?«

Beide verneinen und greifen zu ihrem Espresso.

»Willst du dich nicht setzen, Kim? Es wird einen Moment dauern.« Tussi sieht mich freundlich an, und Mama, die mal wieder vollends eingeschüchtert wirkt, klopft auffordernd auf den Stuhl neben sich. Sei brav, signalisiert ihr Blick, und ich könnte kotzen. Ich hasse ihre unterwürfige Art, außerdem lässt das Beruhigungsmittel meinen Magen Karussell fahren.

»Erzähl uns bitte, wo du warst, als das Feuer ausbrach«, fordert mich Bad Cop auf und lehnt sich auf seinem Stuhl vor.

»Müsste jetzt nicht ein Anwalt neben mir sitzen?«

Bevor mein Vater explodieren kann, geht Heitmeier dazwischen. Die rigorose Handbewegung in seine Richtung und ihr überlegener Gesichtsausdruck müssen für ihn die Hölle sein. Frauen mucken in seiner Gegenwart nur äußerst selten auf, und sie hier macht das echt cool.

»Wir befragen dich als Zeugin, Kim, da ist ein Anwalt überflüssig. Deinen Freund Jasper hat es ziemlich erwischt, und ich denke, es ist auch in deinem Interesse, dass wir das Ganze möglichst schnell aufklären, oder?«

Deinen Freund Jasper. Die Worte hallen in mir nach, und das Karussell setzt sich wieder in Bewegung. Wer will noch mal, wer hat noch nicht? Diesmal geht es rückwärts, und mir kommt es hoch. Zur Gästetoilette schaffe ich es zum Glück noch, obwohl es eigentlich cool gewesen wäre, denen direkt vor die Füße zu kotzen.

Ich umarme das Klo und lege meine Stirn auf das kalte Porzellan. Bei uns könnte man sogar auf dem Boden Kekse ausstechen, hier ist alles klinisch rein.

Jasper! Ich kann immer noch nicht glauben, was gestern passiert ist. Bin ich das echt gewesen? So hart, so kalt und dann plötzlich so glücklich und so leicht? Ich bräuchte dich jetzt hier, Jasper, du würdest das für mich übernehmen, ich weiß nicht, wie lange ich durchhalten kann.

»Kim?« Es ist die Stimme von Tussi, und Jasper verschwindet. Echt hartnäckig die Frau, nur dass ich wohl kaum Antworten auf die Fragen habe, die sie mir stellen will.

»Alles bestens!«, flöte ich zurück. »Aber lieber Abstand halten, Magen-Darm ist ja ziemlich ansteckend.«

Ich höre ein leises Lachen jenseits der Tür. »Bin ziemlich immun gegen diese Ausprägung des Virus. Können wir sprechen, Kim? Allein!«

Wieso wiederholt sie ständig meinen Namen? Das nervt total. Hat Heitmeierchen sicher auf der höheren Polizeischule gelernt: Schaffe Vertrauen und Nähe zu deinem Gegenüber.

Ohne mich, dagegen bin *ich* immun.

Aber mit der allein zu quatschen ist allemal besser als in trauter Runde mit dem Typen und meinen Eltern, also komme ich raus und gehe mit ihr nach oben.

»Du machst Kampfsport?«, fragt sie und schaut sich interessiert meine Wände an. »Respekt!«

»Messerscharf kombiniert!«

13

Meine Wände hängen voll mit Bildern und meinen bisher erworbenen Kordeln. Jasper gehört zu der einen Seite von mir, für die andere brauche ich meinen Sport. Hier kann ich alles Dunkle rauslassen, und das ist viel.

»Bist du eigentlich immer so?«, fragt Heitmeier, schaut dabei aber weiter auf meine Fotowand. »Ich meine, so äußerst freundlich und zuvorkommend?«

»Kommt drauf an, wer was von mir will. Außerdem bist du doch auch nicht so ganz zuvorkommend, oder?« Das musste jetzt sein, und ich merke, wie sie ganz kurz zuckt, bevor sich ihr Rücken wieder strafft.

»Alles klar, du bist achtzehn.« Sie schaut mich ruhig an, doch ein leichtes Grinsen kann sie nicht unterdrücken. »Möchtest du, dass ich dich sieze?«

Ich grinse offen zurück. »Nö, finde unser Du ganz okay.«

Sie lacht, und es steht ihr gut. »Jasper und du, ihr seid eine gute Kombi, oder?«

»Du kennst Jasper schon?«

»Nein, er ist noch nicht vernehmungsfähig. Aber andere haben ihn mir als Sonnenschein beschrieben. Vor dir haben sie mich allerdings nicht gewarnt!«

Ich muss jetzt echt aufpassen, dass ich nicht anfange, sie zu mögen.

»Dann waren es definitiv die falschen Leute«, murmle ich und wende mich von ihr ab.

Er ist noch nicht vernehmungsfähig! Und das bedeutet: Er hat noch nichts gesagt. Der Gedanke beruhigt meinen Magen merklich.

»Was ist das für ein Kampfsport, den du machst?«

»Capoeira. Ist ein brasilianischer Kampftanz.«

»Und ihr macht Musik dabei?« Sie scheint wirklich interessiert zu sein, aber ich hab keine Lust zu plaudern.

»Ja.«

»Sag mal, ist das Ben?« Mittlerweile ist sie bei den Fotos über meiner Kommode angelangt und zeigt auf ein Gruppenfoto, das in der Mitte hängt. Ich kenne jeden Pixel von dem Bild. Ja, es ist Ben, und mein Gesicht wird heiß.

Ich brauche Zeit, gehe langsam zu ihr rüber und schaue interessiert auf das Foto. »Ja, das ist Tronco, also Ben, meine ich.« Meine Stimme klingt ein bisschen brüchig, und ich hoffe, dass sie es nicht merkt. »Ist aber superalt ... also, das Foto.«

Ich weiß noch genau, wann es aufgenommen wurde: Es war unser letzter gemeinsamer Workshop, vor etwas mehr als vier Jahren. Eine Woche später war Ben weg. Bis gestern.

Abschied von Ben

I don't like Mondays, *dröhnt es laut aus meiner Anlage, keine Ahnung, warum der Sender diesen uralten Song spielt. Wahrscheinlich extra für mich. Ich drehe die Lautstärke hoch und schmeiße mich aufs Bett. Wie recht du hast, ich hasse diesen Tag auch! Aber erst seit heute. Zwei Jahre lang war es anders, zwei Jahre lang bestand die Woche für mich nur aus Montagen und Mittwochen. Da ist Capoeira. Doch nicht nur das war es, was diese Tage für mich so besonders machte. Es war Ben.*

Und es ist Ben, der mir den Montag ab heute zu meinem persönlichen Horrortag macht. Ben geht nach Brasilien.

Heute feiern wir seinen Abschied. Ich wusste lange nicht, ob ich überhaupt hingehen soll. Aber die Chance, ihn noch ein letztes Mal zu sehen, kann ich mir nicht entgehen lassen. Vielleicht nimmt er mich heute endlich einmal wahr, verliebt sich genau heute unsterblich in mich, cancelt seinen Flug und bleibt bei mir. So was soll es ja geben, und in meinen Träumen läuft es immer so ab: Ben und ich – forever!

Meine Eltern würden sicher die Krise kriegen, was ihn in meinen Augen nur noch heldenhafter macht. Ben würde mich beschützen, mich hier rausholen, mich mitnehmen …

Ben kommt wie immer zu spät, grinst in die Runde und nimmt seinen Stammplatz ein, bei den Älteren ganz vorne. Ich rutsche ein wenig zur Seite und kann ihn schräg durch die Reihen sehen. Ich weiß, dass ich ihn anstarre, aber das ist mir heute egal. Mir bleiben nur noch diese neunzig Minuten mit ihm, und ich sauge alles auf, was er mir bietet. Mein Blick gleitet über seinen Rücken, und ich sehe unter dem weißen T-Shirt seine Muskeln arbeiten. Ben ist riesig, nicht nur für mich. An ihm ist alles groß, breit und stark. Tronco wird er hier genannt, das bedeutet Stamm. Nachzulesen auf seinem Oberarm, in den Wurzeln von einem Baum, der sich über seine ganze rechte Schulter ausbreitet. Ich sehe sein Lächeln im Spiegel und sogar die Grübchen in seinen Wangen. Aber das Lächeln gilt nicht mir, es strahlt zu Anna.

Heute gibt es keine neuen Schritte, kein Technik-training, heute gibt es nur die große Roda, den Ab-schiedskreis für Tronco. Er darf mit jedem ein letztes Mal kämpfen. Die Trommel gibt den Rhythmus vor, unsere Hände klatschen im Takt, und wir beginnen zu singen. Ich lasse mich mitziehen, singe lauter als sonst und behalte ihn im Auge, die ganze Zeit. Er schwitzt, seine blonden, verstrubbelten Haare werden wie immer von einem roten Band nach hinten gehalten, sein Atem geht schwer. Es ist anstrengend für ihn, aber er gönnt sich kaum eine Pause. Tronco ist einer der

Besten, unterhalb seines durchtrainierten Bauches baumelt an seinen Hüften die grüne Kordel, die drittletzte vor dem Mestre-Titel.

Dann bin ich dran: Puma! Mit klopfendem Herzen gehe ich auf ihn zu, wische mir meine feuchten Hände noch einmal an meiner Hose ab, bevor ich seine über Kreuz fasse. Das Eröffnungsritual. Ich halte seine Hände, spüre jeden einzelnen seiner Finger und umschließe sie fest. Wir hocken direkt voreinander, und ich sehe ihn an. Es ist ungewohnt. Sonst schaue ich meistens weg, wenn er mir so nah ist. Es scheint ihn zu irritieren. Richtig so, Tronco, nimm mich endlich wahr!

Der Mestre gibt uns ein Zeichen, und wir beginnen unser Spiel. Tronco ist vorsichtig, das merke ich sofort, er lässt mir viel Raum, nimmt sich zurück und legt wesentlich weniger Kraft in seine Bewegungen als bei den anderen. Brauchst du nicht, signalisiere ich ihm und greife an. Mein Adrenalinspiegel ist außerhalb jeglicher Norm, mein Puls schlägt hart gegen meinen Hals, und in jeden Kick, in jede Drehung lege ich meine ganze verzweifelte Kraft. Ich lasse Tronco nicht aus den Augen, verbohre mich in seinen Blick und versuche, ihn magnetisch zu mir rüberzuziehen. Er muss was tun, er muss dagegenhalten, um nicht zu verlieren. Und er tut es, er lässt seine Vorsicht fliegen und steigt mit ein. Natürlich könnte er mich plattmachen. Er ist mehr als einen Kopf größer, fünf Jahre älter und wiegt sicher das Doppelte von mir, aber ich bin wendig, schlängle mich unter seinen Angriffen immer wieder raus und fliege über meine Hände zurück, bevor ich erneut auf ihn zukomme. Und immer wieder zeigt er mir sein herausforderndes Grinsen, das anerkennende Aufblitzen seiner Augen, auf das ich so lange habe warten müssen.

Viel zu schnell ist es vorbei. Tronco bleibt stehen, kommt auf mich zu, und ich beginne zu zittern. Ich weiche seinem Blick nicht aus, hebe meine Arme und schließe sie um seinen Körper. Das macht man nach einem Kampf immer so, doch für mich bedeutet diese Umarmung heute alles. Ich spüre seine Hitze, seinen Herzschlag und halte ihn fest. Jetzt muss er es sagen, ich habe es immer wieder geträumt. Ein Flüstern, ganz leise und nur für meine Ohren bestimmt: »Ich liebe dich, Puma! Ich bleibe bei dir!«

Ich warte, höre seinen Atem an meinem Ohr und dann seine raue Stimme: »Das war der Hammer, Puma! Respekt!« Ein anerkennendes Schulterklopfen hat er noch für mich übrig, bevor er sich von mir löst und sich auf den nächsten Kampf vorbereitet.

Respekt, hallt es in mir nach. Ich will deinen beschissenen Respekt nicht. Verdammt, Ben, ich liebe dich!

Zuschauen kann ich nicht mehr, jeder Blick tut weh.

Ich hab ihn verloren, ohne ihn je gehabt zu haben. Heulen will ich nicht, aber ich schaffe es nicht, die Tränen wegzublinzeln. Jetzt zu gehen ist blöd, bleiben geht aber auch nicht. Ich entscheide mich für blöd, drehe mich um und haue ab.

»DANN kennst du Ben gut?«

Ob Heitmeier was gemerkt hat, weiß ich nicht, glaube es aber schon, denn ich fühle mich total gescannt. Auf meiner Stirn sammelt sich Schweiß, ich drehe mich weg und setze mich wieder aufs Bett.

»Wir waren nicht in der gleichen Liga.«

»Wie meinst du das?«

»Tronco war einer der Besten. Und die bleiben unter sich. Er ist dann vor – ich weiß gar nicht genau – vier Jahren oder so nach Brasilien abgehauen.«

Vor vier Jahren, drei Monaten und zwei Tagen.

»Aber gestern Abend war er da.«

Und wie er da war! Ich sehe sein Gesicht, spüre seine Hand und erinnere mich an jedes Wort von ihm. »Ja.«

Heitmeier setzt sich auf meinen Schreibtischstuhl, schlägt ihre Beine übereinander und holt Zettel und Stift aus ihrer Jackentasche. Es geht los.

»Also, Kim, was ist gestern Abend passiert?«

»Es hat gebrannt.«

Mittlerweile nerve ich sie wirklich, ihre Schultern sacken nach vorne, ihr Blick sucht das Fenster, und sie atmet tief durch, bevor sie weitermacht. »Hattet ihr Streit?«

Bei dieser Frage lässt sie mich nicht aus den Augen,

und ich bewege mich nicht. Das mach ich immer, wenn ich leicht panisch werde. Ist ein guter Trick, verwirrt den Gegner und spart Kraft. »Wer? Ben und ich?« Dummstellen ist auch immer gut.

»Ich versteh dich nicht.« Heitmeier schüttelt den Kopf. »Muss ich aber auch nicht. Ich weiß nur nicht, ob Jasper dich verstehen würde, wenn er miterleben könnte, wie überaus gut du mit uns zusammenarbeitest.«

Jetzt atme ich tief durch und frage betont gelangweilt: »Was genau willst du denn wissen?«

»Ich möchte, dass du mir erzählst, wie der Abend abgelaufen ist.« Heitmeier ist jetzt voll Polizei, ihr Ton ist nüchtern, ihr Blick ernst, und ich stelle mich brav.

»Die Party fing um sieben an. Dann haben sich erst mal alle aufs Essen gestürzt. Jeder hatte was mitgebracht, das hatten die echt gut organisiert.«

»Wer ist *die*?«

»Es gab eine Gruppe, die die Party vorbereitet hat. Jasper gehörte auch dazu.«

»Wer noch?«

»Keine Ahnung … Jan war dabei. Ein Freund von Jasper. Hannes auch, der gehört zum Hof. Aber die anderen?« Ich kann mich nicht erinnern. Ehrlich.

Ihr scheint es zu reichen, sie nickt und schweigt. Ich soll wohl weitermachen, nur wie?

»Was genau willst du denn wissen? Soll ich dir jetzt jedes Lied aufzählen, zu dem wir getanzt haben? Oder jeden, mit dem ich mich unterhalten habe?«

Sie schaut genervt zur Decke, und ich werde wütend. »Ich mein das ernst! Ich hab keinen Plan, wie ich das hier machen soll.«

Heitmeier hilft. »Ihr habt also getanzt.«

»Ja, aber nicht alle. Einige standen an der Theke, einige waren draußen zum Rauchen und Quatschen. Ich hab viel getanzt.«

»Wurde drinnen auch geraucht?«

»Am Anfang musste Hannes einen rausschmeißen, weil der mit 'ner Kippe an der Bar stand. Bauer Jeschke gibt uns oft die Scheune zum Feiern. Und dass da Rauchverbot ist, dass wir keine Kerzen oder so anmachen dürfen, wissen eigentlich alle. Bis auf den scheinbar, war aber kein großer Act.«

Sie nickt. »Und Jasper? Hat der auch getanzt?«

Mir fällt es leichter, Fragen zu beantworten, als einfach so rumzureden.

»Nee, der tanzt nicht gern. Am Anfang war er schon bei uns, aber später halt woanders. Wahrscheinlich bei Jan und Tina oder den anderen aus seiner Mannschaft.«

Heitmeier schaut komisch zu mir rüber.

»Ey, das war 'ne Abiparty! Kein Cliquentreff oder so. Jasper und ich kannten da jeden, seit Jahren. Da muss man nicht die ganze Zeit aufeinanderhocken. Das machen wir eh nie.«

»Ist Jasper eifersüchtig?«

»Keine Ahnung«, antworte ich und lache auf, als ich die großen Fragezeichen in ihren Augen sehe. »Mal ehrlich, kannst du dir echt vorstellen, dass sich Typen an mich ranschmeißen?«

»Sehr gut sogar!« Sie meint es tatsächlich ernst. »Vielleicht nicht gerade die ganz schüchternen. Aber für viele andere bist du mit Sicherheit *die* Herausforderung. Wer knackt Kim?«

»Blödsinn!« Ich versuche, überzeugend zu klingen, aber in mir zieht sich alles zusammen.

Hat Ben mich gestern nur verarscht? Ging es ihm nur darum, mich zu knacken? Zu ihm passen würde es – zumindest zu dem Ben von früher.

Ich lehne mich zurück, spüre mein schweißnasses Shirt im Rücken und atme demonstrativ genervt aus. »Ich hab mir den Besten geangelt. Und das weiß jeder! Glaub mir, da gräbt schon lange keiner mehr.«

Sie schluckt es, ihr Lachen verschwindet. »Wo warst du, Kim, als das Feuer ausbrach?«

Endlich, da ist sie, die Eine-Million-Euro-Frage. Ich hatte genug Zeit, mich genau auf die Antwort vorzubereiten.

»Ich war auf dem Klo.«

»Du warst wo?« Heitmeier kann genauso erstaunt

gucken wie Jauch. Nee, besser sogar, bei ihr wirkt es echt.

»Auf dem Klo!« Die Idee kam mir vorhin, als ich kotzend über der Schüssel hing. Und ich muss sagen, sie ist genial. Erstens, weil ich wirklich aus der Richtung gekommen bin, mich da also bestimmt irgendwer gesehen hat. Und zweitens wird sie sicherlich nicht fragen, ob es dafür Zeugen gibt.

Doch Heitmeier ist scheinbar nichts zu doof, denn sie fragt tatsächlich: »Allein?«

»Kennst du das Klo da?«

»Nein.«

»Dann schau es dir mal an. Ist selbst für'n Quicky zu eng.«

»Kann es dafür wirklich zu eng sein?«

Ich kann nicht anders, ich muss lachen. Es ist das Echteste, was ich seit gestern Abend von mir gebe, und es tut gut.

»Ich bin mal gespannt, wie die Kollegen auf das Protokoll reagieren werden.« Heitmeier wird wieder ernst, und ich schalte zurück auf Vorsicht.

»Wo Jasper war, weißt du also nicht. Aber ist dir an dem Abend irgendetwas aufgefallen? Hatte er Streit mit irgendwem? Hat er viel getrunken? Hat er sich anders benommen, als du es sonst von ihm kennst?«

»Trinken tut er nie viel. Ein Bier oder so. Saufen, rauchen – das macht er nicht.«

25

Und ob er sich anders benommen hat? Ja klar! Wäre ja auch seltsam, wenn nicht.

»Gab's irgendwelchen Ärger auf der Party?«

Ich schüttle den Kopf. »Nicht, dass ich wüsste.« Doch dann fallen mir plötzlich Tim und Marek ein, wie sie in der Scheune aufgetaucht sind und Stress gemacht haben. Soll ich das sagen?

»Was ist, Kim?« Sie hat es gemerkt.

»Ich hab keine Ahnung, wann das war, aber nach dem Essen sind zwei Jungs aus unserer Stufe aufgetaucht. Die waren nicht eingeladen, und Jasper und ein paar andere haben mit denen rumdiskutiert.« Fühlt sich blöd an, das zu erzählen, Heitmeier hat wieder diesen neugierigen, ernsten Blick. Ich sag ihr schnell, dass die beiden dann sofort wieder verschwunden sind.

Aber sie beißt sich fest. »Wie heißen die Jungs?«

»Tim und Marek.«

»Und wieso waren die beiden nicht eingeladen?«

»Die sind von der Schule geflogen. Die haben Scheiße gebaut, kurz vor den Prüfungen.«

»Und was für eine Scheiße war das?«

»Die sind in der Schule eingebrochen und wollten die Klausuren checken. In der Nacht vor der Prüfung. Hat zwar nicht geklappt, gab aber tierisch Ärger. Auch am nächsten Morgen noch. Der Direktor meinte, da wär noch jemand dabei gewesen, hat sich total aufgespielt und Druck gemacht. War natürlich blöd für uns alle. Aber … am besten fragst du die Mutter von Tim, die ist die Sekretärin.«

Heitmeier steht auf, und ich hoffe inständig, dass es das jetzt war.

»Okay.« Ihr Ton lässt mich aufatmen, denn er hat etwas Abschließendes. »Für mich reicht es jetzt erst mal. Und ich denke, für dich auch, oder?«

»Schon lange«, antworte ich und lege mich hin. Mit geschlossenen Augen stelle ich jetzt meine Frage und hoffe auf die eine Million. »Sagst du mir, wie es Jasper geht?«

Im Zimmer ist es ganz still. Ich höre sie atmen, ich spüre, wie sie kämpft und ich verliere.

»Ich kann das nicht, Kim. Solche Informationen darf ich nur der engsten Familie weitergeben. Es tut mir leid!«

Sie geht an mir vorbei, bleibt aber an der Tür stehen und dreht sich noch einmal um. »Ich sag unten, dass du noch Ruhe brauchst.«

»Du arbeitest echt für den falschen Laden.«

ICH kann es gar nicht glauben, aber nach Heitmeiers Abgang konnte ich tatsächlich einschlafen. Und was mich noch mehr erstaunt: Die da unten lassen mich wirklich in Ruhe. Keine Ahnung, was Heitmeier denen erzählt hat, aber aufgetaucht ist zumindest niemand.

Meine Haare stinken nach Rauch, und auch dem Rest kann Wasser nicht schaden.

Als ich wenig später nach unten gehe, treffe ich im Wohnzimmer zum Glück nur auf meine Mutter, die am Telefon hängt, aber sofort auflegt, als sie mich reinkommen sieht.

»Na, hast du ein bisschen geschlafen?«

»Nee, ich hab oben Party gemacht.«

»Möchtest du was essen? Ich habe noch …«

»Super Idee! Damit ich gleich wieder aufs Klo renne?«

In einer Sache ist meine Mutter unschlagbar, und das ist weghören. Egal, was man ihr vor den Kopf knallt, sie macht einfach weiter mit ihrem Programm, und das heißt im Moment: Ich sorge liebevoll für meine Tochter.

Lächerlich!

Ich hole mir eine Cola aus dem Kühlschrank und setze mich im Schneidersitz auf einen Stuhl am Esstisch. Ich brauche jetzt Infos und wechsle den Modus.

»Weißt du was von Jasper?«

Meine Mutter steht auf und kommt zu mir rüber, aber bevor sie auf die Idee kommen kann, meine Hand zu nehmen, verschränke ich die Arme vor der Brust.

»Papa ist heute Morgen gleich in die Klinik gefahren und hat mit dem zuständigen Arzt gesprochen. Er will Jaspers Behandlung übernehmen, und ich denke, es wird klappen.«

Als ob damit alles gut wird. Es ist ihr typisches Schema: Papa macht = alles gut! Wie kann man nur so blind sein?

»Ich hab nach Jasper gefragt.«

»Sie haben das Schlimmste befürchtet, aber eine Hirnblutung konnten sie zum Glück ausschließen.«

»Hirnblutung?« Was soll das denn? Verbrennungen, Rauchvergiftung, klar! Aber eine Kopfverletzung?

Meine Mutter steht auf und stellt sich ans Fenster. »Jasper muss schlimm gestürzt sein. Neben der Rauchvergiftung hat er eine schwere Gehirnerschütterung. Er ist noch nicht richtig ansprechbar. Kim?« Sie wendet sich zu mir. »Was ist da passiert?«

»Sonst hat er nichts?« Ich traue dem Ganzen noch nicht. Keine Verbrennungen?

»Nein.«

»Kann ich zu ihm?«

»Morgen, sagt dein Vater. Er ist jetzt noch mal mit Maria in die Klinik gefahren. Für sie ist das schrecklich. Vielleicht solltest du sie mal anrufen. Sie hat sich auch nach dir erkundigt.«

Wie es Maria geht, möchte ich mir gar nicht vorstellen. Erst ihr Mann und jetzt ihr Sohn! Sie hat doch nur noch Jasper und klammert und klammert und klammert. Ich weiß noch, wie sie am Anfang gegen mich war und Jasper die Hölle heißgemacht hat. Keine Ahnung, ob ich sie dann doch überzeugt habe oder ob sie einfach geschnallt hat, dass sie Jasper verliert, wenn sie so weitermacht. Mittlerweile hat sie sich zumindest mit mir abgefunden.

Aber Maria muss warten, ich brauche jetzt Emma. Mein Red Bull, meine Alltagsflügel!

Woher sie ihre Kraft immer zieht, weiß ich nicht. Will es auch lieber nicht so genau wissen. Was aber klar ist: Ohne Emma hätte ich die letzten Jahr hier nicht überlebt. Klingt sicher komisch, wenn man sie kennt. Sie sagt ja selbst, dass sie 'ne verrückte Drecksau ist. Emma spielt gegen alle Regeln. Nur eben anders. Wenn ich was nicht will, lehne ich es ab, kämpfe dagegen, rege mich auf oder baue Scheiße. Emma entscheidet sich einfach gleich für die Scheiße. Ohne Umwege, dafür mit lautem Lachen. Ich hätte meins verloren – ohne sie.

Ich brauche mein Handy. »Weißt du, wo meine Sachen von gestern sind? Die Tasche, die ich dabeihatte?«

»Wir haben alles mitgenommen. Dein Handy und

der Schlüssel liegen auf deinem Schreibtisch. Die Tasche und den Pulli musste ich erst mal waschen. Sie haben fürchterlich gerochen. Aber morgen ist alles bestimmt wieder trocken.«

Was für Mamas Freundinnen die Yogamatten sind, ist für meine Mutter ihr Putzeimer, die Waschmaschine oder das Bügelbrett. Ich hätte ihr vorhin doch vor die Füße kotzen sollen. Die Schweinerei wegzumachen hätte sie sicher entspannt.

Das Handy finde ich tatsächlich auf meinem Schreibtisch, doch daneben liegt nicht nur mein Schlüsselbund. *Falls was ist* steht in akkurater Handschrift auf einem kleinen Zettel, darunter eine Telefonnummer. Es ist einer von den kleinen Notizzetteln, die Heitmeier vorhin so eifrig bekritzelt hat, sie muss ihn dort hingelegt haben, als ich auf dem Bett lag.

Als ob ich die anrufen würde, wenn was wäre. Bulle bleibt Bulle, auch wenn sie sicher nicht die Bekloppteste von denen ist.

Dass ich mit der zusammengeknüllten Papierkugel tatsächlich meinen Mülleimer treffe, ist wohl das Highlight des Tages, das schaffe ich sonst in hundert Jahren nicht.

Ich gebe Emmas Nummer ein. Sie geht sofort ran, klingt aber total komisch.

»Ich hab's ständig bei dir versucht! Ich bin echt gestorben vor Sorge! Weißt du was von Jasper?«

Wieso ich das Handy nicht gehört habe, ist mir ein Rätsel, es lag ja die ganze Zeit neben mir. Aber egal. »Jasper hat saumäßig Glück gehabt. Er hat 'ne Rauchvergiftung und 'ne schwere Gehirnerschütterung. Sonst nichts. Keine Verbrennungen … nichts!«

»Boah!« Emma atmet lautstark aus. »Scheiße, hat der Schwein gehabt! Ich hab echt gedacht, dass er … du weißt schon … Und dann dein Schrei. Ich krieg das alles nicht mehr aus meinem Kopf.«

Fängt sie jetzt etwa wirklich an zu weinen? Ich kann es hören, und das haut mich um. Wir hatten zusammen schon richtig viel Ärger, und manchmal war es echt knapp. Vor allem für sie. Aber Tränen gab es bei ihr nie. Ich versuche mir vorzustellen, wie es aussieht, aber es klappt nicht. Traurige blaue Augen krieg ich hin. Einen zitternden Mund vielleicht noch. Aber Tränen?

»Ich komm vorbei, okay?« Das ist hier echt ein Notfall!

»Schaffst du das denn? Ich meine, kannst du das?« Sie stockt. »Ich hab nicht mal gefragt, wie's dir eigentlich geht.«

»Ich bin okay. War ja Daddys Privatpatientin. Hat er sicher genossen, mich so wehrlos zu haben. Und ich hab keine Ahnung, was er mir reingepfiffen hat. Ist vielleicht auch besser so. Gib mir 'ne Viertelstunde, ja? Ach scheiße, das geht gar nicht.« Erst jetzt fällt mir ein, dass mein Fahrrad noch bei Jeschkes auf dem Hof steht. »Du musst kommen, Emma. Ich hab kein Rad.«

»Und ich muss um vier ins Café.«

»Du willst echt arbeiten?« Das könnte ich jetzt nicht, nicht vor so vielen Leuten.

»Ich brauch die Kohle. Außerdem ist es immer noch besser, als hier rumzuhängen und immer wieder den gleichen Film ablaufen zu sehen. Treffen wir uns morgen?«

»Klar.« Das löst aber mein Problem mit dem Fahrrad nicht. »Sag mal, kannst du mich kurz zu Jeschkes fahren? Ohne das Rad sitz ich hier fest.« Klar könnte das auch meine Mutter machen, sie würde mir auch sicher ihr Auto leihen, aber ich hasse es, sie um etwas bitten zu müssen. Emma zögert.

»Emma?«

»Ich kann das nicht. Ehrlich! Ich will da nie wieder hin. Du etwa?«

So richtig überdacht hab ich das Ganze nicht, und nein, natürlich will ich da auch nicht hin, aber ich muss, wenn ich hier nicht die nächste Zeit festsitzen möchte. Busse fahren nur zweimal am Tag und am Wochenende keiner. Mir bleibt also nichts anderes übrig.

»Du kannst mich auch an der Kreuzung rauslassen. Den Rest lauf ich dann. Bitte, Emma!«

Stille. Aber ich höre sie atmen, aufgelegt hat sie nicht.

»Aber ich lass dich da wirklich nur raus. Und ich verschwinde dann, klar?«

Erst, als sie ein paar Minuten später direkt vor mir steht, weiß ich, was ich ihr damit antue. Ihr Look ist der von gestern: hochgebundene Dreadlocks, Boyfriend-Jeans und knallenges T-Shirt – wie immer. Bei Emma kann man gar nicht anders, als auf den Busen zu starren. Für solche Titten müssen die meisten 'nen Haufen Kohle hinblättern.

Aber auch von hinten kassiert sie Blicke. An Emma ist alles rund. Rund und sexy, nur sieht sie heute kleiner aus, als sie tatsächlich ist. Dazu blass, traurig und – was mich am meisten trifft – schwach.

»Hey!«, begrüße ich sie und nehme sie fest in den Arm. Aber sie will das nicht, windet sich raus und schaut weg.

»Lass mich das schnell hinter mich bringen, okay?«

Wenn es für mich nicht so wichtig wäre, würde ich jetzt einknicken. Aber ich brauche mein Fluchtfahrzeug, also steige ich ein, und sie fährt los.

In Emmas Rostlaube steht die Luft, 'ne Klimaanlage gibt es hier nicht, Schweiß dafür gratis. Emma scheint es nichts auszumachen, aber ich halt das nicht aus, kurble mein Fenster bis zum Anschlag runter und atme durch. Leider ist das, was von draußen reinkommt, auch nicht viel besser. Es ist zu heiß, zu schwül, zu hell. Hab noch nie verstanden, warum die meisten Menschen das mögen und im Urlaub für so 'ne Hitze auch noch viel Geld bezahlen. Nur, um dann schweißverklebt und sonnenverbrannt mit Marco-Polo-Reiseführer durch alte Kirchen zu pilgern oder sich mit eigenen Stammeskriegern am Frühstücks-büfett um die letzten Croissants zu duellieren.

Letztes Jahr in den Ferien mit Emma war das zum Glück ganz anders. Ein ungeplantes Chaos-Happening. Nicht, dass Emma was gegen mein teures, von mei-nen Eltern so wertgeschätztes Elite-Englisch-Camp in Cambridge gehabt hätte, sie war einfach nur mehr für was anderes: Roadtrip nach Barcelona. Auch heiß, klar! Aber man kann der Sonne aus dem Weg gehen, wenn man eh nur nachts lebt. Und das tut die Stadt – wirklich. Dass ich den Ärger danach überlebt habe, darf ich wohl Jasper aufs Konto schreiben. Ist mir immer noch schleierhaft, wie er das hinbekommen hat. 'ne Zwei in Englisch war mein Part des Friedens-abkommens, den es einzuhalten galt. Schwer genug …

Und jetzt sind wir tatsächlich durch mit dem Scheiß. Abi in der Tasche und auf ins Leben. Aber wohin?

Es ist nicht nur zu heiß im Auto, es ist auch zu still. Emma ist zu still.

Ich könnte das Radio anmachen, aber ich glaub, es

ist noch kaputt. Die Boxen rauschen seit Wochen. Also reden?

Gerade, als ich anfangen will, tut es doch plötzlich Emma. »Ich glaub, du hast es gestern am besten gemacht. Schreien und wegkippen. Du hast das Chaos nicht gesehen, Kim!« Sie schlägt verzweifelt aufs Lenkrad. »Der ganze Scheiß verfolgt mich.«

»Erzählst du es mir?«

»Ich krieg den Geruch nicht mehr weg. Egal, wie oft ich dusche. Das hat so krass gebrannt, Kim! Und dann die beschissenen Fragen. Wir durften erst gehen, als sie uns alle abgecheckt hatten. Die Scheißbullen.«

»Bei mir waren sie heute.« Ich erzähle Emma von Heitmeier und Co.

»Meinst du, die glauben, dass das einer von uns gemacht hat? Also mit Absicht?«

»Keine Ahnung, was die glauben. Ist mir auch egal. Die sollen sich von mir aus wichtigmachen und dann verschwinden!«

»Schön wär's.«

Eine Zeitlang gucken wir beide nur stumpf nach vorn. Soll ich Emma alles erzählen? Ich möchte es, bin aber unsicher wie noch nie.

»Wie war das eigentlich für dich mit Ben gestern?«

»Komisch …« Mehr kann ich nicht sagen.

»Wusstest du, dass er hier ist?«

»Nein.«

»Der hat sich nicht verändert, finde ich. Schon 'n geiler Typ!«

»Hmmm.«

»Wieso bist du jetzt so still?« Emma schaut mich fragend an, aber ich starre weiter geradeaus, und sie bohrt weiter. »Was hat Jasper dazu gesagt?«

»Ich weiß gar nicht, ob er ihn gesehen hat.«

Emma lacht auf, aber es klingt nicht lustig. »Klar hat der ihn gesehen!«

»Jasper und ich …« Ich weiß gar nicht, wie ich es sagen soll.

»Ihr habt euch gestritten«, beendet Emma den Satz. »Das hab ich mitbekommen. Wieso hast du das mit dem FSJ auf der Party überhaupt angesprochen?«

»Er hat doch damit angefangen!« Ich kann es nicht fassen. Wieso schiebt sie mir das Ganze in die Schuhe? »Er hat mich nach dem Mietvertrag gefragt. Und ich hab nur gesagt, dass ich ihn noch nicht unterschrieben hab. Hätte ich lügen sollen?«

Das ganze Thema ist seit Wochen unser Problem. Jasper will studieren, Medizin. Ich will eigentlich auch auf die Uni, aber vorher vielleicht noch ein Freiwilliges Soziales Jahr machen. Mal was ganz anderes erleben, raus hier. Aber Jasper versteht das nicht. Hat für uns 'ne Wohnung organisiert und ist gedanklich schon da eingezogen.

»Sorry«, Emma rudert zurück. »Den Anfang hab

37

ich nicht mitbekommen. Hab nur Jaspers Gesicht nachher gesehen, und … na ja, er hat ganz schön was gesoffen. Sicher auch wegen Ben. Der war bestimmt tierisch eifersüchtig.«

»Ben ist schon wieder weg.«

»Hä? Warum das denn?«

»Der war nur kurz hier. Hatte irgendwas auf dem Hof zu regeln. Jasper kann sich also gleich wieder abregen.«

Wenn es doch nur so einfach wäre: Schluss, aus und vorbei! Es hat vor vier Jahren nicht geklappt und diesmal auch nicht.

Emma fährt an den Straßenrand und zeigt auf den Feldweg, der links von der Straße abgeht. »Immer dem Geruch nach, du kannst es gar nicht verpassen.« Ihr Ton klingt locker, aber an der Art, wie sie mit ihrem Piercing an der Augenbraue spielt, kann ich sehen, wie nervös sie ist.

»Danke, Emma! Ehrlich!« Eine Umarmung lass ich diesmal lieber weg.

Bevor die Tür richtig zufällt, braust Emma schon los: Kein Winken oder Hupen, hoffentlich kommt sie heil nach Hause.

Je mehr ich mich dem Hof nähere, umso mulmiger wird es mir. Ich hab keine Ahnung, was mich da gleich erwartet.

Das Erste, was ich sehe, sind die Polizeiwagen und das rotweißgestreifte Band. Ich gehe ein Stück am Feld entlang und suche nach dem Loch in der Hecke. Ich schlüpfe durch, und es haut mich um: Hier sieht es aus wie auf einem Schlachtfeld, und ich fühle, wie sich jedes einzelne Haar an meinem Körper aufrichtet. Mir ist kalt.

Die Scheune ist nicht mehr da, stattdessen schaue ich auf eine schwarze, immer noch qualmende Ruine. Einzelne Balken ragen drohend in die Luft, Teile der Seitenwände stehen noch da, doch das Dach fehlt komplett. Wo wir gestern getanzt haben, liegen verkohlte Holzteile und Aschehaufen. Erst jetzt verstehe ich Emmas Satz: Das Schlimmste hab ich gar nicht mitbekommen.

Ohne den Blick abzuwenden, gehe ich einige Schritte rüber zum Nachbargebäude und lehne mich dort an die Hauswand. Sie ist warm. Der Baum vor mir macht mich unsichtbar. Für die Männer, die hier rumwuseln, bin ich nicht zu sehen.

Als plötzlich vor mir eine Gestalt auftaucht, schreie ich.

»Kim! Sag mal, spinnst du!« Es ist Ben. Mit aufgerissenen Augen starrt er mich an, bevor er kopfschüttelnd sein Handy vom Boden aufhebt. Es muss ihm wohl bei meinem Anblick aus der Hand gefallen sein. Ich hab nichts mitbekommen und bin immer noch un-

39

fähig, was zu sagen. Wenigstens schaffe ich es, meinen Mund wieder zuzumachen.

»Sorry, ich melde mich später«, höre ich ihn sagen, das Gespräch hat den Sturz scheinbar überstanden. »Nein, nein, alles okay.« Er schaut zu mir, während er weiter in den Hörer spricht, seine Mundwinkel zucken leicht. »Hab nur gerade jemanden hier auf dem Hof erwischt. Bis gleich.« Er steckt das Handy in seine Hosentasche und grinst mich an. »Was schleichst du denn hier rum?«

»Kann ich dich genauso fragen! Ich denke, du bist weg!« Das Zittern in meiner Stimme ist deutlich zu hören, dafür kriege ich es aus den Knien langsam raus.

»Falls du es vergessen hast: Ich wohne hier.« Ben wirkt furchtbar selbstsicher, wie er so dasteht. Groß, breitbeinig, die Arme lässig vor der Brust gekreuzt. Fehlt nur noch das Schild um den Hals: Nicht anfassen!

»Sehr witzig! Und falls du es vergessen hast: Dein Flieger ging heute Morgen.«

»Planänderung.« Seine blauen Augen fixieren mich ununterbrochen. »Cooler Abgang übrigens! Geht's dir wieder besser?«

Ich kann nicht erkennen, ob er sich über mich lustig macht oder tatsächlich wissen will, wie es mir geht. Sein Ton klingt spöttisch, sein Blick sagt was anderes.

»Ich brauch mein Fahrrad«, antworte ich nur, drehe

mich weg und marschiere in Richtung Mauer, an der ich es gestern abgestellt hatte.

»Na, da bin ich aber erleichtert!« Ben marschiert mit. »Ich dachte schon, du schnüffelst hier rum. Sagt man nicht, dass Täter äußerst gern an den Ort des Geschehens zurückkehren?«

Alles klar, er macht sich über mich lustig. Aber das ist nicht schlimm. Im Gegenteil, das vereinfacht die Sache, denn das kann ich auch. Bestens sogar. Ich bleibe stehen, drehe mich zu ihm um und mache auf Rehauge: »Ach, Ben, bitte verrat mich nicht, okay? Es gibt noch so viele Scheunen, die ich gerne anzünden will!«

Ich lächle ihn an, er lächelt nicht mehr. Ich kann sehen, wie er nachdenkt. Kenne es von gestern, das Knabbern an seiner Unterlippe. Nur ist jetzt sein Blick ernst.

»Weiß Jasper von diesem Hobby?« Er kommt näher, und meine Knie beginnen wieder zu zittern. Sein Gesicht ist nur noch eine Handbreit von meinem entfernt. Ich spüre seinen Atem, rieche seinen Duft, bevor er verschwörerisch flüstert: »Oder ist das noch ein Geheimnis zwischen uns beiden?«

»Halt Jasper da raus!«, zische ich und weiche zurück. »Das mein ich ernst!«

Das Spielchen ist aus, jedenfalls für mich, aber Ben lacht nur. »Das kann ich mir vorstellen! Aber seit gestern interessiert mich der Junge *brennend*. Hattest du

41

nicht gesagt, er sei dein Ex? Oder hab ich da was falsch verstanden? Nach deinem Abgang habe ich nämlich was ganz anderes gehört.«

»Vielleicht versteh ich hier jetzt was falsch, aber willst *du*, gerade *du*, mir einen Vortrag über Treue halten?« Ich lache ihm spöttisch ins Gesicht. »Wart mal, ich glaub, ich krieg sie noch alle auf die Reihe: Tessa, Sandra, dann Anne. Michi und Julia waren, glaub ich, 'ne Zeitlang sogar parallel, und dann kam Dani.«

Ben fallen fast die Augen aus dem Kopf, und sein Unterkiefer klappt runter, für mich das geilste Gefühl schlechthin.

»War Dani nicht sogar die Freundin von deinem besten Kumpel?«

Ben starrt mich immer noch fassungslos an. »Hast du das irgendwo aufgeschrieben? Ich meine, ist das ein Tick von dir? Bei jedem die …«

»Nö, nicht bei jedem. Nur bei dir. Beim tollen Ben!« Als der Satz raus ist, könnte ich mich ohrfeigen.

»Du fandst mich toll damals?« Bens Gesicht wird eine Spur weicher, aber seine Augen bleiben wachsam. Ich kann sehen, wie er mich abcheckt: Wahrheit oder Verarschung?

»Klar, dass du das nicht gemerkt hast. Auf deiner Speisekarte standen ja nur blonde Barbies! Und da ich …«

»Könnte es nicht vielleicht auch an deinem Alter

gelegen haben? Kim, du warst echt süß, aber ey … du warst noch ein Kind!« Es hat fast etwas Verzweifeltes, wie er sich mit beiden Händen durch seine verwuschelten Haare fährt und tief ausatmet, bevor er leise sagt: »Und ob du es glaubst oder nicht: Die Haarfarbe ist mir so was von egal. Hätte ich sonst gestern …«

Stopp!, schreie ich innerlich. Nicht weiterreden, schon gar nicht von gestern!

»Lassen wir das«, fange ich an und muss wegsehen. Der Ben, der jetzt vor mir steht, wird zu gefährlich. Ohne sein überhebliches Grinsen, seine spöttischen Augen und sein ständiges Provozieren ist er genau mein Ben, mein Traum-Ben von früher.

»Ich fand es echt nett, dich gestern wiedergesehen zu haben. Mehr war das nicht, okay?«

»Nett?«

Irre ich mich, oder klingt in seiner Stimme ernsthaft Enttäuschung mit? Und wenn schon. Ich starre weiter auf den Boden, will mich wegdrehen, kann es aber nicht. Bens Hand greift nach meiner Schulter.

»Du fandst das *nett*?«

Ich hab seine Finger nicht kommen sehen, zucke zusammen, als er plötzlich mein Kinn berührt und es langsam anhebt. Ich bin gezwungen, ihn anzuschauen, bin völlig benebelt – er ist zu nah, zu viel Ben von gestern. Seine Augen bohren sich in meine, als ich wortlos nicke.

»Ich glaub dir kein Wort!«

»Mir egal. Ich fahr jetzt.« Mehr bringe ich nicht raus. Ich wische mir seine Hand vom Kinn und gehe.

Keine Ahnung, ob er mir nachsieht, das Einzige, was ich spüre, sind meine weichen Knie und den dicken Kloß im Hals. Zum Fahrrad schaffe ich es irgendwie, aber als ich zum Lenker greife, um es in die richtige Richtung zu drehen, hakt es. Ich kriege es nicht los und zerre immer heftiger dran. Ich will hier weg! Fange fast an zu heulen, doch dann höre ich Bens Lachen hinter mir.

»Scheint dich festgekettet zu haben, der liebe Jasper!«

Ich könnte kotzen. Typisch Jasper, er sichert immer alles doppelt und dreifach. Mir wird schwindelig, und ich hocke mich auf den Boden.

»Kennst du die Nummer?«

Ich fühle wieder Bens Arm auf meiner Schulter, als er sich zu mir kniet, diesmal vorsichtig, fast sanft.

»Nein.« Jasper ändert ständig den Zahlencode, genau wie seine Passwörter und Geheimzahlen. Das ist Jasper: verlässlich, vorsichtig, präzise.

Ben reicht mir sein Handy rüber, den anderen Arm lässt er auf meiner Schulter. »Willst du ihn anrufen?«

»Er ist noch nicht ansprechbar.«

Ben steckt sein Handy wieder weg und reibt sich

verlegen die Stirn. »Sorry. Hat es ihn schlimm erwischt?«

Meine Stimme zittert verdächtig, als ich Ben von Jaspers Zustand berichte. Er schaut die ganze Zeit auf den Boden, hört zu und schweigt. Alles Selbstsichere ist verschwunden, neben mir hockt einfach nur Ben.

»Wenn du möchtest, knacken wir es«, sagt er nach einer Weile und schaut fragend zu mir.

Ich nicke. »Danke.«

Ben steht langsam auf und reicht mir seine Hand, an der ich mich hochziehe. Er hält mich länger fest als nötig. Dann geht er zum Schuppen, um Werkzeug zu holen.

Erstaunlich, wie geschickt er das Schloss aufbricht, und natürlich liegt mir ein Spruch auf den Lippen, als ich sehe, wie problemlos es ihm gelingt. Aber ich halt die Klappe.

»Bist du sicher, dass du den Weg schaffst?« Ben mustert mich besorgt, scheinbar sehe ich mittlerweile genauso beschissen aus, wie ich mich fühle. Mein Nicken überzeugt ihn nicht.

»Wenn du willst, kann ich dich fahren.«

»Mit dem Trecker, oder was?«

Ben grinst. »Was dagegen?«

Er wartet meine Antwort nicht ab, dreht sich um, und ich folge ihm über den Hof.

Im Schuppen steht sein blauer Pick-up. Wie konnte

ich den vergessen? Neben seinem alten Fahrrad vor der Schule, seiner Sporttasche vor der Turnhalle oder seinen Kumpels im *Irish Pub* war der Pick-up das auffälligste Zeichen für: Ben ist da! Gänsehautgarantie. Jetzt auch!

Ben stellt Jaspers Fahrrad in den Schuppen, hebt meins auf die Ladefläche und kommt zu mir rüber.

»Doch lieber Trecker?« Mein Zögern irritiert ihn.

»Nee, passt schon.« Ich atme tief durch und klettere auf den Sitz. »Aber mit mir kein Rennen, okay?«

Ben schüttelt den Kopf, setzt sich neben mich und startet den Motor. »Wären auch definitiv zu viele Bullen in der Nähe.«

Wir fahren über den Hof, an den verkohlten Überresten vorbei, an den Polizisten, aber ich starre stur geradeaus. Erst auf der Landstraße spüre ich, dass Bens Blick mich immer wieder streift. Nicht irgendwie heimlich oder so. Nein, er macht das völlig offensichtlich, und ich fange an zu schwitzen.

»Ist was?«

Ben schweigt und lässt mich weiterzappeln, bevor er endlich antwortet: »Das Ganze ist ziemlich unfair! Ich weiß fast nichts über dich, und du …« Wieder fangen mich seine blauen Augen ein, aber diesmal lass ich ihn zappeln.

»Was weißt du von den Autorennen damals?« Ben fährt sich durch die Haare.

»Nicht viel. Nur, dass mein Vater dich nach dem letzten wieder zusammengeflickt hat.«

»Stimmt, der Ober-Doc mit den magischen Händen!«

»Die können auch anders.« Der Satz ist raus, ehe ich was dagegen tun kann, und mir stockt der Atem. Das ist nichts, was ich mit irgendwem teilen möchte, und ich hoffe inständig, dass Ben sich nichts dabei denkt. Er schaut mich nicht an, schweigt, aber ich sehe an seinen weißen Fingerknöcheln, wie fest er das Lenkrad umklammert.

Eine Zeitlang sagt keiner was, Ben macht das Radio an.

»Weißt du eigentlich jeden Scheiß, den ich verbockt hab?«

»Zähl mal alles auf, dann sag ich's dir.«

Ben lacht und grinst rüber. »Netter Versuch!«

Wieder stockt das Gespräch, und ich mache mein Fenster auf. Die Luft im Auto flirrt.

»Warum warst du eigentlich nicht auf meiner Abschiedsparty?«

»Du hast mich vermisst?« Ich bin total erstaunt. »Du hast mich früher doch sonst nie beachtet!«

»Das stimmt nicht ganz. Ich mochte unseren letzten Kampf.« Ich weiß, dass er jetzt rüberguckt, ich kann mir auch vorstellen, *wie* er rüberguckt, und genau deswegen schaue ich nicht hin.

47

»Schlechter Umgang!«

»Was?«

»Hat mein Vater über dich gesagt. Für ihn sind alle, die außerhalb der Stadtgrenze wohnen, Idioten. Und du mit deinen Aktionen gehörst sogar zu den Oberidioten.«

»Na, das nehme ich doch mal als Kompliment!« Ben grinst. »Dann lass ich dich besser vorher irgendwo raus. Nicht, dass du wegen mir noch Ärger kriegst. Oder wolltest du mich unbedingt noch auf einen Kaffee hereinbitten?«

Es wär schon geil, das Gesicht von meinem Vater zu sehen, wenn er Ben bei uns zu Hause erwischen würde. Aber ich hab kein Bock mehr auf Stress – für heute langt es mir.

»Am besten lässt du mich bei der Post raus. Den Rest schaffe ich dann.«

Auf dem Parkplatz schaltet Ben den Motor ab, bleibt aber noch sitzen. Seine Finger trommeln auf das Lenkrad, irgendwas geht ihm durch den Kopf. Doch es kommt nichts. Wartet er auf was von mir? Die Stille im Auto kribbelt. Ich höre meinen Atem, finde ihn peinlich, weil er so komisch stockt. Hört Ben das? Nicht mehr atmen ist aber auch keine Lösung. Aussteigen schon. Doch gerade, als ich zur Tür greifen will, spüre ich Bens Hand auf meinem Arm. »Warte!«

Natürlich warte ich, wenn er will, auch Stunden. Bens Hand berührt gerade meine Haut, und das strahlt in alle Richtungen.

»Ich krieg nicht aus dem Kopf, was du vorhin gesagt hast.«

Echt? Und in meinem dreht sich alles. »Was denn?« Bens Hand verschwindet von meinem Arm und wandert stattdessen durch seine Haare. Er zögert, keine Ahnung, was ihn so beschäftigt, aber es muss ihm ernst sein. »Du hast gesagt, die Hände von deinem Vater können auch anders.«

Scheiße! Ich würd mich jetzt gern auf der Stelle auflösen. Ein Knopfdruck – und weg bin ich. Stattdessen erstarre ich. Hundert andere hätten sich nichts bei dem Satz gedacht, ihn überhört oder wenigstens nichts kapiert. Aber Ben? Seine Augen sind schmal, sein Blick durchdringend auf mich gerichtet. »Wolltest du damit sagen …«

»Ich *wollte* gar nichts sagen«, unterbreche ich ihn schnell. »War 'n blöder Spruch. Nichts weiter. Okay?«

»Nein, nicht okay!« Ben dreht sich jetzt ganz zu mir, mit dem Rücken an die Tür gelehnt schaut er mich fragend an. »Schlägt dein Vater dich?«

Mir schießen die Tränen in die Augen, ohne dass ich was dagegen tun kann.

»Nicht mehr.« Meine Stimme ist ganz leise, aber Ben hört mich.

»Selten, dass das einfach so aufhört.«

»Ich hab zurückgeschlagen.«

»Was?«

Ich weiß nicht, wieso, aber ich rede tatsächlich weiter. »Ist schon länger her. Ich war so bekifft, dass … Ich war so wütend … Ich hab's echt gemacht.«

»Respekt!« Ich sehe, wie sich Ben kurz die Hand aufs Herz legt und dann seinen Daumen hochhält. Ich kenne die Geste von ihm, vom Capoeira. Macht er nur, wenn ein Kampf wirklich extrem gut war. Und meiner war es, das meint er wohl.

»Und dann nie wieder?«

Ich schüttle den Kopf. »Nie wieder!«

Wir steigen aus und gehen um den Pick-up herum. Ich will gar nicht hinschauen, ich kann mir auch so vorstellen, wie es aussieht, wenn Ben leichthändig mein Fahrrad von der Ladefläche hebt. Aber meine Augen ignorieren mich, bleiben an ihm kleben und sehen, dass er das Fahrrad nicht loslässt, als es zwischen uns steht. Ben wartet. Auf mein *Danke* sicher nicht, aber mehr kann ich nicht. Nicht jetzt und nicht …

»Ich weiß nicht, wann ich zurückfliege. Meine Eltern brauchen Hannes und mich im Moment hier. Ich werd also noch eine Weile da sein.«

Ich nicke, möglichst gleichgültig.

»Komm vorbei! Wenn du möchtest, okay?«

Ben fährt nicht gleich los, und ich versuche, lässig auf mein Fahrrad zu steigen. Der Lenker wackelt gefährlich, und ich eiere ganz schön rum, bis ich endlich in den Tritt komme. Ben bleibt noch, mein Kopf dreht durch.

Und wohin jetzt? Nach Hause will ich noch nicht. Ich hab keinen Bock auf Fragen, blödes Betüddeltwerden und vor allem nicht auf Vorwürfe. Ich bin vorhin weggegangen, ohne Bescheid zu geben, ein böses Vergehen.

Emma! Die hätt ich jetzt gerne bei mir. Ich würde ihr von Ben erzählen, von gestern, von heute, und dass er noch bleibt. Ich muss reden, nur ist das vorhin im Auto irgendwie schiefgelaufen.

Emma arbeitet, aber ein kurzer Blick auf die Uhr lässt mich hoffen. Das Café ist nicht weit und um die Uhrzeit normalerweise nicht voll, vielleicht hat sie doch kurz Zeit für mich.

Als ich ankomme, sehe ich durch die Scheibe Emma am Tresen stehen, aber leider hat sie schon jemanden zum Quatschen. Es ist Hannes, Bens jüngerer Bruder. Ich hab nichts gegen ihn, aber irgendwie hat die Natur bei Ben schon das Beste rausgehauen. Blond, blauäugig und groß muss nicht immer sexy sein. Hannes ist total schlaksig, und damit meine ich nicht nur seinen Körper, alles an ihm ist ungelenk: seine Haltung, seine Bewegungen, seine Art zu sprechen. Er ist kein kompletter Outsider, hängt meistens mit den Dörflern zusammen, hat aber bei uns in der Stufe nicht wirklich was zu sagen.

Jetzt steht er mit Emma am Tresen. Was die wohl zu reden haben? Emma und Hannes sind so wie 'ne Mischung aus Ecstasy und Schlaftablette. Wobei, das stimmt nicht ganz. Emma pfeift sich tatsächlich gerne mal was rein, aber nicht so hartes Zeug. Außerdem hat sie es in letzter Zeit ziemlich reduziert. Sollte sie noch mal erwischt werden, wär sie richtig am Arsch.

Enttäuscht drehe ich um.

Zu Hause ist niemand. Aber im Flur blinkt unser Tablet, Papas neues Spielzeug. Dazu da, jeden Eindringling zu überwachen, unser Hightech-Haus zu steuern und jede Abwesenheit zu kommentieren. Diesmal teilt es mir mit, dass meine Eltern wieder mal auf einem ach so sozialen Wohltätigkeits-Happening sind.

Wenn du einfach gehst – ohne Erklärung –, können wir das auch. Papa

Kannst du eben nicht, du Klugscheißer! Die Message sagt doch alles! Ich strecke dem Tablet die Zunge raus und verziehe mich auf mein Zimmer. Wär vielleicht doch einfacher gewesen, mich jetzt mit denen zu streiten, als alleine in dem Bunker zu sein.

Ich mag unser Haus nicht, ich hasse es: Bei uns sieht es aus wie in einem Design-Magazin, verlogene Illusion!

Mein Vater hat einen Haufen Kohle für das Haus bezahlt und dazu gratis die perfekte Entschuldigung für seine Ausraster bekommen. Originalton Mama: *Du weißt, unter welchem Druck er steht. Das Geld muss ja auch irgendwie wieder rein.*

Ein bisschen mehr Rücksicht von dir würde uns allen helfen.

Gar nichts hat geholfen.

Mein Zimmer ist der einzige Raum, den ich mag, sonst nur noch den Pool im Garten. Als ich jünger war, bin ich da immer ganz tief runtergetaucht und hab mich auf den Boden gesetzt, nur um für ein paar Sekunden das Gefühl zu haben, absolut sicher zu sein. Wasser verschluckt alles.

Ob das heute auch noch klappt? Ich dreh mich auf die Seite und starre die Wand an. Das jetzt zu testen, schaff ich nicht. Ich bin todmüde, will die Augen zumachen, den Kopf ausschalten und schlafen.

Ich sehe Jasper vor mir, wie immer, wenn ich nicht einschlafen kann: seine dunklen Haare, sein schmales Gesicht, seine braunen Schokoaugen. Hört sich total kitschig an, ist aber so. Jasper könnte auch aus 'nem Hochglanzmagazin stammen, sicher einer der Hauptgründe, warum ich mich so lange gegen ihn gewehrt habe. Groß und schlank, dazu die Kapitänsbinde am Oberarm und Everybody's Darling – hab immer gedacht, so jemand ist von Natur aus bescheuert. Jasper ist es nicht. Kaum zu glauben, dass er sich ausgerechnet in mich verliebt hat, dass er mit mir …

Scheiße, doch lieber schwimmen. Ich rolle mich aus dem Bett, schnappe mir meinen Bikini und gehe runter in den Garten. Das Wasser ist viel zu warm, keine prickelnde Erfrischung. Trotzdem tut es gut. Ich kraule durchs Becken, steigere bei jeder Bahn die Schlagzahl und hole aus meiner Lunge alles raus, was geht.

Klatschnass und total erschöpft werfe ich mich auf die Liege, ohne Handtuch drunter – scheiß auf Baderegel Nr. 5.

»Hallo?«

Erschrocken fahre ich hoch und blinzle gegen die tiefstehende Sonne. Ist jemand im Garten? Es prickelt im Rücken, genau zwischen den Schulterblättern: mein Alarmsignal für Angst. Eigentlich Schwachsinn, hier in die Festung kommt doch niemand rein. Oder? Ich hör ein leises Quietschen aus dem hinteren Teil des Gartens, hab das Geräusch Jahre nicht mehr gehört, erkenne es aber sofort wieder: das Tor zu unseren Nachbarn. Ist das denn nicht abgeschlossen? Leise stehe ich auf und schleiche im Schatten der Büsche darauf zu. Und da steht sie – Sam. Sarah Alexandra Martens. Früher mal meine beste Freundin, heute für mich nur noch Rechtsanwalt Martens' völlig langweilige Tochter.

»Hi, Kim!« Sie lächelt, sieht aus wie immer: brauner

kurzer Pferdeschwanz, weiches Gesicht, bedrucktes Shirt, kurze Jeans – fehlen nur noch die Kniestrümpfe.

»Was willst du hier?« Ich kapier ihren Auftritt nicht. Sam und ich haben null Kontakt, leben in komplett anderen Sphären, ignorieren uns – wenn möglich.

»Ich hab gehört, was passiert ist, und wollte …« Sie stockt, holt aus einer Tasche zwei Flaschen Bacardi-Lemon raus, hält sie hoch und lächelt mich an. »Hast du Lust?«

Ungläubig starre ich auf die Flaschen: Sam und Alkohol? Sam und Kim?

»Ist das irgendeine Mutprobe? Ich meine … musst du das machen?«

Sam lacht, drückt mir wie selbstverständlich eine der Flaschen in die Hand und öffnet ihre mit einem Feuerzeug. »Dein Vater hat mich engagiert. Fünfzig Euro, wenn ich mich heute Abend um dich kümmer. Fand ich ganz gut!«

»Sehr witzig!« Doch dann kann ich nicht anders, ich muss grinsen. Sam und ihre blöden Sprüche – warum eigentlich nicht? Ich nehme ihr Feuerzeug, öffne auch meine Flasche und proste ihr zu.

»Krass, was passiert ist!« Sam hat sich auf die Liege neben mir gelegt, schaut mich an, aber ich gucke weg.

»Ich will nicht darüber reden, okay?«

»Okay.«

Wir trinken, schweigen und starren aufs Wasser.

Wie lange ist das jetzt her? Sam und ich waren echt eng, bis zur fünften Klasse. Ich hab ihr nie verziehen, dass sie sich plötzlich dann doch für das bescheuerte altsprachliche Gymnasium entschieden hat: für Latein – gegen mich!

»Weißt du, was ich dir immer schon mal sagen wollte?« Sam dreht sich zu mir, stützt ihren Kopf mit der Hand ab und schaut mich mit zusammengekniffenen Augen an.

»Tag der Abrechnung?«, frage ich spöttisch, halte aber kurz die Luft an.

»Ich hab mich nie getraut, was zu sagen, aber … eigentlich wollte ich auch mal Bibi sein. Nicht immer nur Tina! Aber du hast nie …«

Weiter kommt sie nicht, mein Lachen ist so laut, so ansteckend, dass wir beide uns irgendwann nur noch den Bauch halten müssen. Über Monate war unser Grundstück der Martinshof gewesen, wir sind auf Besen geritten und haben die Büsche gestriegelt.

Völlig hirnverbrannt!

»Weißt du, was *ich* echt beschissen von dir fand?« Jetzt bin ich dran! Ich setze mich auf den Rand der Liege und versuche, richtig böse zu gucken. Funktioniert aber nicht, Sam schaut geradeaus und trinkt aus ihrer Flasche, als ob nichts wäre.

»Unsere geile Synchronschwimm-Show hast *du* versaut!«

Eine Fontäne regnet auf mich nieder, kleine klebrige Tropfen. Sam spuckt ihren Bacardi in alle Richtungen, er kommt aus der Flasche, aus ihrem Mund, und ich glaube, auch aus ihrer Nase. Ihr Prusten klingt echt gefährlich, aber als ich aufstehe und ihr auf den Rücken klopfen will, schlägt sie lachend meine Hand weg. »Das hatte ich total verdrängt! Mann, waren wir peinlich!«

Sam ist mittlerweile aufgestanden, hockt am Pool und wäscht sich das klebrige Zeug von den Händen. Verstoß gegen Baderegel Nr. 7. »Kriegst du den Tanz noch hin?«

Statt einer Antwort fange ich an, unseren Song zu singen, stehe auf und gehe zu ihr rüber. »Wenn, dann nur zusammen.«

Sam quiekt, als sie fliegt, und ich spring hinterher.

Wir schlucken eimerweise Wasser, erinnern uns an die meisten Teile unseres albernen Tanzes, holen Getränkenachschub und vergessen die Welt. Wir sind Bibi und Tina – nur acht Jahre älter.

Als Sam dann später rübergeht, hält sie mir am Tor plötzlich einen Umschlag hin. »Ich möchte das nicht haben«, sagt sie, und ich schaue hinein. Fassungslos starre ich Sam an, kriege kaum Luft und bin schlagartig wieder Kim. »Ich hab gedacht … ich dachte, das war ein Witz!« In dem Umschlag liegen fünfzig Euro.

Sam schüttelt verlegen den Kopf. »Er lag für mich

auf dem Küchentisch.« Sie geht, winkt mir über den Zaun noch mal zu, dann ist sie weg, und ich bin allein.

Ich muss jetzt irgendwas machen, hab das Gefühl, mein Kopf platzt gleich, wenn ich nicht Druck ablasse. Meine Hände berühren etwas Kühles, ich greife fest zu und schleudere es mit voller Wucht gegen die Hauswand. Kein Glas am Beckenrand, Baderegel Nr. 4. Ihr könnt mich mal am Arsch lecken mit euren Regeln. Ich brech sie alle!

Vorsichtig steige ich über die Scherben, verkrieche mich in mein Zimmer und schmeiße mich aufs Bett.

Morgen sehe ich Jasper!

Samstag, 3. Juli

Ruf mich an, wenn du was rausgefunden hast. Bis dahin: klappe halten 21:34

Morgen weiß ich mehr. 21:52

Gut so! Streng dich an! 21:54

Halt die klappe!!!! 22:04

DER Küchentisch ist leer, was aber nicht heißt, dass mir das Sonntagsfrühstück erspart bleibt. Es bedeutet nur einen Wechsel der Location. Die Terrassentür ist schon zur Seite geschoben, die Markise ausgefahren, ich höre Tassen klappern, leises Gemurmel: Alles perfekt – wie für einen Werbedreh.

Aber ich bin noch nicht bereit für meinen Auftritt und fühle in meiner Hosentasche nach dem Geldschein. Am liebsten würde ich ihn wortlos über Papas Tasse halten, langsam in kleine Stücke reißen und die Schnipsel wie Zucker in seinem Kaffee verrühren.

»Dein Kakao steht schon hier, Kim!«

Ich bin entdeckt, straffe die Schultern und betrete die Bühne. Sie ist wieder scherbenfrei, was auch sonst.

»Geht's dir besser?« Meine Mutter hält mir den Brötchenkorb hin, mein Magen lehnt ab, aber meine Hand greift zu.

»Sie war ja scheinbar gestern schon wieder fit, oder, Kim?« Die Frage von meinem Vater verlangt keine Antwort, sein Blick im Übrigen auch nicht, also starre ich ihn einfach durch die dunklen Gläser meiner Sonnenbrille an. Mein Schweigen, das weiß ich, ist für ihn schon schlimm, aber das Starren hasst er wie die Pest. Ich gewinne, er schaut weg, steht dann auf und geht rein. Die Kaffeemaschine surrt.

»Wir sollen dich von allen ganz lieb grüßen.« Mama versucht, die Stimmung zu retten. »Gestern Abend haben uns viele angesprochen, die ganz besorgt um dich sind.«

Mein Blick wechselt das Ziel, aber ihr schenke ich zusätzlich noch ein spöttisches Grinsen. »Das ist ja lieb!«

Ausnahmsweise kapiert sie, dass ich sie verarsche, und schaut mich verletzt an. Das macht mich nur noch aggressiver.

»Sag mal, waren auf der Party noch mehr von den Bauern?« Mein Vater taucht in der Terrassentür auf und lässt den Löffel langsam in seinem Espresso kreisen. Sofort muss ich an das Geld in meiner Tasche denken, nie im Leben würden die ganzen Schnipsel in diese kleine Tasse passen.

»Kannst du mir bitte mal antworten!« Auf Papas harten Ton reagiere ich nicht, Mama aber sofort. Ihr flehender Blick ist nicht zu übersehen.

»Was möchtest du denn genau wissen?«, frage ich überaus freundlich und lehne mich demonstrativ entspannt zurück. Papa setzt sich.

»Es heißt, dass es unter den Bauern draußen großen Ärger gibt. Uns ist das prinzipiell völlig egal. Sie können machen, was sie wollen. Wir haben nur etwas dagegen, wenn sie sich gegenseitig die Höfe anzünden, während unsere Kinder dort feiern.«

Uns. Wir. Papa spricht mal wieder für die gesammelte Stadt-Elite. Ich kann mir gut vorstellen, wie die sich gestern kollektiv das Maul zerrissen haben.

»Ach, ihr habt das Verbrechen also schon aufgeklärt? Respekt!« Ich klatsche langsam, aber kraftvoll in die Hände. »Hab bis eben gar nicht gewusst, dass es überhaupt eins war.«

Papas Tasse zittert verdächtig, seine Lippen sind zusammengepresst, seine dunklen Augen erdolchen mich. Gleich hab ich ihn so weit …

»Natürlich können wir das nicht mit Gewissheit sagen.« Mama spürt es wohl auch und wirft sich in den Ring. »Deswegen ja Papas Frage, ob außer den Leuten aus eurer Stufe noch andere da waren.«

»Nein.« Nur Ben.

»Weißt du, Kim«, Papa ist mit dem Essen fertig, er legt sein Messer zur Seite und versucht sich an einem milden Lächeln. »Du machst in deinem Leben ja nicht viel richtig, aber mit einer Sache bin ich ausnahmsweise zufrieden: Mit dem Volk da draußen hast du zum Glück nichts zu tun.«

»Stimmt!« Meine Hände sind eiskalt, klammern sich an die Stuhllehne, mein Magen brennt heiß vor Wut. »Wie gut, dass du dich neuerdings persönlich um meine Kontakte kümmerst!« Ich stehe auf, schmeiße ihm die fünfzig Euro auf den Teller und gehe ins Haus. Aber in der Terrassentür drehe ich mich noch einmal um. »Kleiner Tipp, falls du mir mal wieder jemanden zum Spielen kaufen möchtest: Ich steh total auf durchtrainierte schwarze Kerle!«

Oben im Zimmer suche ich meine Sachen zusammen, meine Hände flattern dabei, und mein Puls jagt, als hätte *ich* mir den ganzen Espresso reingezogen. Ich muss schnell machen, hab keine Ahnung, was mein Auftritt für ein Nachspiel haben wird. Also raus hier!

Ich schleiche die Treppe runter, muss jetzt zu Jasper. Der Gedanke an ihn beruhigt meinen Puls nicht gerade.

»… aus der Rolle nicht mehr raus!« Ist das Papa? Es ist definitiv eine Männerstimme, die ich aus der Küche höre, nur klingt sie total fremd: müde und unglaublich traurig. Ich will gar nicht lauschen, will gehen, schaffe es aber nicht. Die Stimme hält mich fest. »Ich hab mir wirklich Sorgen gemacht. Ich wollte doch nur, dass sie an dem Abend nicht allein ist! Ist das etwa falsch?«

Mama lacht auf, ungewohnt bitter: »Manchmal bist du echt wie deine Mutter!«

»Was hat die denn damit zu tun?«

»Sie glaubt auch, dass man mit Geld alles und jeden kaufen kann.«

Irgendetwas scheppert in der Küche und weckt mich aus meiner Starre. Aber erst als ich auf meinem Fahrrad sitze, merke ich, dass ich heule.

»HI, Kim!« Sie lächelt. Keine Ahnung, wer das ist. Vermutlich eins von Papas Häschen. *Simone* steht auf dem Namensschild ihres Schwesternkittels, aber ich kann mich schließlich nicht an alle erinnern. »Jasper wartet schon. Zimmer 31.« Sie deutet mit dem Kopf den Flur entlang.

Warten, was heißt das wohl? Meine Hände sind kalt. Muss ich anklopfen? Ich mache es, aber scheinbar zu leise, denn von drinnen kommt keine Antwort. Ich gehe trotzdem rein. Das Badezimmer links versperrt mir die Sicht, ich krieg noch ein paar Schritte Zeit. Geradeaus ist das Fenster, davor ein Tisch, auf dem frische Blumen stehen. Super, ich hab natürlich nichts dabei! Dann wird der Blick frei. Aber auf das, was mich da erwartet, bin ich nicht vorbereitet. Ich hab mit allem gerechnet, nur nicht mit seinem Lächeln. Jaspers typisch schiefes Lächeln, in das ich mich zuallererst verknallt habe.

»Seh ich so furchtbar aus?«

»Ja«, antworte ich und versuche zu grinsen. Anders kann ich meinen erstaunten Blick schlecht erklären. »Aber deine Stimme erkenn ich zum Glück wieder.« Alles andere auch: sein schmales Gesicht, seine dunklen Augen und vor allem seine Lippen. Jaspers Mund sieht aus wie gemalt.

»Komm endlich her, Kim!« Jasper streckt mir seine Hand entgegen.

Wie nah darf ich denn kommen? Ist unser Streit für ihn vergessen? Zögernd gehe ich auf ihn zu und warte auf ein Stoppzeichen. Aber es kommt keins. Im Gegenteil, Jasper zieht mich zu sich ans Bett. »Keine Angst, so schlimm ist es nicht.« Er wirkt überhaupt nicht verärgert, im Gegenteil, meine Unsicherheit scheint ihn vielmehr zu amüsieren.

Ich setze mich auf die Bettkante und versuche, normal zu sein: durchatmen, Puls runter, lächeln. »Dann leg mal los! Wie hoch ist der Schaden?«

»Kopf ist matsch, Lunge erholt sich, ansonsten nichts Ernstes.«

»Du meinst also, die kriegen dich wieder hin?«

»Hey, ich bin in den besten Händen. Doc operiert, und du pflegst. Besser geht's nicht, oder?«

Jasper richtet sich mühsam ein Stück auf und nimmt meine Hand. »Und bei dir?«

»Alles bestens.«

»Klar!« Jasper legt den Kopf schief. »Ich weiß, dass du zusammengeklappt bist. Von deinem Vater. Kannst mir also ruhig die Wahrheit sagen.«

»Geht aber wieder, wirklich. War nur halt nicht so schön, dich da zu sehen.«

Jasper lächelt und drückt meine Hand fest, als er leise sagt: »Schön, *dich* zu sehen.«

Wahnsinn! Ich kapier es nicht, aber es ist egal. Mir ist zum ersten Mal wieder warm. Nicht kalt, nicht heiß, einfach nur warm.

»Aber jetzt leg mal los!«

»Womit?«

»Mit Erzählen. Ich lieg hier seit zwei Tagen und zerbreche mir den Kopf. Ich hab keine Ahnung, was eigentlich passiert ist. Hab das vorhin auch der Polizei erzählt, aber …«

»Die waren schon da?«

»Heute Morgen gleich.« Jasper schaut mich an, und seine Mundwinkel zucken. »Die Frau war ganz schön beeindruckt von dir.«

»Ey, ich hab mich echt noch zusammengerissen!«

»Kann ich mir vorstellen!« Jasper zieht spöttisch die Augenbrauen hoch. »Doc ist sicher Amok gelaufen.«

Papa ist kein gutes Thema. »Und was hast du den Bullen erzählt?«

»Nichts.«

»Wie, nichts?«

Jasper schüttelt verzweifelt den Kopf. »Weil ich nichts weiß! Nichts von dem Abend, nichts von dem Brand. Da ist nur ein großes, schwarzes Loch.«

»Du erinnerst dich an nichts?« Ich kann es nicht fassen. Ist das die Erklärung für sein Verhalten?

»Ich weiß, dass ich nachmittags zum Aufbauen da war und mich dann noch mal zu Hause umgezogen habe. Und ich weiß, dass ich dann mit dem Fahrrad zur Scheune gefahren bin. Das war's, danach ist es nur noch schwarz.« Jasper schaut hilflos zu mir rüber. »Ich brauch echt Infos, Kim! Was ist passiert?«

»Ich weiß es auch nicht.« Meine Stimme ist ganz leise. Ich will ihm nicht zeigen, wie sehr mich das Ganze verwirrt, und schaue aus dem Fenster. »Es weiß irgendwie keiner!«

Jaspers Griff um meine Hand verstärkt sich. »Aber wo warst du? Wo war ich? Warum hat es nur mich getroffen? Warum war nur ich noch in der Scheune?«

»Ich war draußen.« Ich schaue ihn an und zucke hilflos mit den Schultern. »Wo du warst, weiß ich nicht.«

Ich könnte ihm jetzt alles sagen, und es wäre sicher das Fairste, aber ich bringe es nicht. Nicht hier und nicht jetzt.

Er ist total enttäuscht, das sehe ich, er schüttelt immer wieder den Kopf und starrt mit leeren Augen auf seine Bettdecke. »Ich versteh das alles nicht! Warum ich? Alle anderen sind abgehauen. Nur ich nicht!«

»Hey, das finden die schon raus.« Mein Herz krampft sich zusammen, ich fühl mich komplett überfordert. Jasper ist bei uns der Denker, nicht ich. Für ihn ergibt immer alles Sinn, da hat jeder noch so kleinste Scheiß eine Bedeutung und alles eine plausible Erklärung. Normalerweise baut *er* mich auf, nicht umgekehrt. Aber ich versuche es trotzdem weiter. »Mit irgendwem hast du ja zusammengestanden. Das heißt, irgendwer muss es wissen. Hast du schon Jan und Tina gefragt?«

»Nein. Muss ich noch machen.« Jasper schaut hoch. »Die Polizei hat gefragt, ob es Ärger gab. Wegen meiner Kopfverletzung.«

»Hä? Ich dachte, du bist irgendwie gestürzt oder so.«

»Kann sein. Kann aber auch sein, dass mir jemand eine übergezogen hat.«

»Dir? Wieso das denn?« Jasper ist der friedfertigste Mensch, den ich kenne.

»Stimmt es, dass Tim und Marek auch da waren?«

»Ja, wieso?«

»Die Polizistin hat es erzählt und mich nach den beiden gefragt.« Jasper schüttelt verwundert den Kopf. »Die sind trotz allem echt bei Jeschkes aufgetaucht?«

»Ja. Ziemlich am Anfang. Die haben sich ein bisschen aufgespielt und sind dann abgehauen.«

Jasper nickt, aber seine Augen wandern gedankenverloren im Raum umher, bevor sie mich wieder finden. »Waren die irgendwie aggressiv? Oder ... oder hab ich die provoziert?«

»Du? Quatsch! Du warst total ruhig.« Glaubt er das jetzt im Ernst: Tim und Marek als Schläger? Spinnen tun die ja immer mal, aber richtig stressen eigentlich nicht. »Du meinst, die waren das?«

»Nicht wirklich.« Jasper greift nach meiner Hand und zeichnet sanft jeden meiner Finger nach, bevor er sie ganz fest umschließt. »Ich hatte so auf eine Erklärung gehofft, weißt du? Seitdem ich hier bin, hab ich gehofft, dass mir irgendjemand sagen kann, warum es mich erwischt hat.« Er seufzt tief und fährt sich verzweifelt durch die Haare. »Und so 'ne Schlägerei … wär auch blöd, aber …«

»Aber selbst *wenn* Tim oder Marek dir eine mitgegeben hätten – wär doch komisch, dass das genau dann passiert ist, als das mit dem Feuer losging! Oder … Ach du Scheiße!« Obwohl mein Mund weit offen steht, kann ich nicht atmen. Mein Herz stolpert, ich will nicht weiterdenken, aber mein Gehirn kriegt den Befehl nicht mit: Tim und Marek … haben die etwa auch das Feuer gelegt?

Jasper scheint das Gleiche zu denken und schaut erschrocken zu mir rüber.

Er sagt nichts, schüttelt dann nur den Kopf und legt sich langsam auf sein Kissen zurück. »Das ist Schwachsinn! Ich trau denen ja viel zu, aber das sicher nicht. Du?«

Ich schüttle ebenfalls den Kopf und atme tief durch. »Ich hab sie ja auch gehen sehen. Viel früher schon. Außerdem … die Bullen haben nicht gesagt, dass da einer was mit Absicht abfackeln wollte. Ging eher ums Rauchen und die Kerzen und so. Bei dir auch?«

»Nee. Die haben aber auch schnell aufgehört zu fragen. Ich hatte ja keine Antworten.« Jaspers Stimme klingt müde, er sieht zerbrechlich aus, und ich kann nicht anders: Ganz leicht streichle ich ihm über die Stirn. Er hat die Augen geschlossen, versucht ein Lächeln und zieht mich zu sich. »Bleib noch, okay?«

Ich streife meine Schuhe ab und lege mich neben ihn, mein Gesicht an seinem Hals, meine Hand auf seiner Brust. Ich kann ihn riechen, trotz dieses ganzen Krankenhausgestanks: Das ist mein Jasper – egal, was war!

IM Sommer treffen die Leute vom Capoeira sich immer sonntags am Fluss zum offenen Training. Ist keine Pflichtveranstaltung, aber ich gehe da gern hin. Bis vorhin stand es für mich heute nicht auf dem Plan, aber jetzt, nach dem Treffen mit Jasper, will ich hin. Ich muss Dampf ablassen. Mann, hab ich ein Glück gehabt, Jaspers Gedächtnislücke ist meine Chance.

Ich stelle mein Rad ab und sehe: Bens Pick-up. Scheiße, macht mich der Wagen wieder nervös, ich krieg die Nummern vom Zahlenschloss nicht gleich in die gewünschte Kombi und werde sauer. Ich will das nicht. Ich will keine Gänsehaut mehr, kein Zittern mehr und keine weichen Knie! Ich hab Jasper zurück!

Unten am Fluss stehen schon alle, und ich versuche, mich möglichst unauffällig unter die anderen zu mischen. Ist nur schwierig, wenn mich alle mit Fragen bombardieren: Fragen zum Brand, Fragen zu Jasper, Fragen zu mir. »Gut!«, »Keine Ahnung!«, »Alles okay!«. Je kürzer die Antworten, umso mehr reden die anderen. Klappt zu Hause, funktioniert auch hier. Ben beobachtet nur, steht am Rand und nickt kurz. »Hi, Puma!« Mehr nicht.

Ist auch okay. So will ich es ja, und Puma ist besser als Kim.

71

»Hi, Tronco«, gebe ich trocken zurück und stelle mich in den Kreis. Ich bin schließlich zum Kämpfen hier.

Ben ist leider nicht unter meinen Opfern, er scheint keine Lust zu haben. Er steht im Kreis, schaut zu, wirkt aber total gelangweilt.

Warum bist du überhaupt gekommen, wenn das für dich hier nur Kindergarten ist? Am liebsten würde ich ihn in den Kreis schubsen und ihm dort ordentlich eine verpassen!

Aber Ben kämpft nur einmal, und das mit dem Mestre, am Ende der Roda. Ich würde ihn gern genauso ignorieren, aber Ben in Aktion ist für mich wie kiffen: Es beamt mich komplett weg! Den übrigen Capoeristas im Kreis scheint es ähnlich zu gehen, zumindest den weiblichen. Ich sehe die bewundernden Blicke, das Glänzen in ihren Augen, die offenen Münder … jede Wette, dass die heute Nacht alle von Tronco träumen.

Die große Verabschiedungsrunde mache ich nicht mit, packe stattdessen meine Sachen und haue ab. Aus dem Augenwinkel sehe ich Ben noch mit ein paar von seinen alten Kumpeln zusammenstehen, es muss um irgendwas Ernstes gehen, sieht zumindest so aus.

Geht dich nichts an, versuche ich mich abzulenken, doch gerade da schaut Ben plötzlich zu mir rüber. Und wieder das übliche Spiel: Mein Gesicht fängt an zu glühen, mein Herz rast. Ich kämpfe mit meinem Schloss. Als ich es endlich aufbekomme, schaue ich noch mal rüber, will ihm kurz zuwinken und dann lässig davonfahren. Aber Ben guckt nicht mehr. Was soll's, ich muss los, Emma wartet.

Aber ich komme nicht weit, gerade mal bis zur nächsten Kreuzung.

»Hi, Kim.« Die Stimme hinter mir kenne ich. Ist die von Tina. Scheiß Kaff!

Vielleicht sollte ich nur noch im Dunklen auf die Straße gehen, mir gehen das Mitleid und das Ausgequetschtwerden echt auf den Keks. Aber die Ampel vor mir ist rot. Zu viele Autos, um das zu ignorieren. Hoffe nur, dass Tina wenigstens allein ist. Hört sich aber nicht so an …

Ich drehe mich um und sehe: die Spielermädels! Schlimmer geht's nicht.

»Wie geht's dir?« Alle schauen mich aus ihren geschminkten Augen erwartungsvoll an.

»Alles super.« Ich versuche zu lächeln, hypnotisiere dabei aber in Gedanken die Ampel: grün, grün, grün!

»Jasper hat ja richtig Glück gehabt!« Tina reißt die Augen bis zum Anschlag auf und fasst sich theatralisch an den Kopf. »Mann, da hätte echt viel mehr passieren können, oder?« Ihre Clique nickt gehorsam – was auch sonst. In der Mannschaft ist Jasper der Kapitän, unter den Mädels ist es Tina. Wenn sie zuckt, springen

73

die anderen. Nur ich nicht, und ich weiß, wie sie das ankotzt.

»Jan hat grade mit Jasper telefoniert und will morgen mal hin. Ist schon komisch, dass er sich an gar nichts mehr erinnern kann, oder?« Ihren Blick kann ich nicht deuten, hat aber irgendwie was Ungläubiges. Misstraut sie Jasper? Normalerweise hängt sie doch nur so an seinen Lippen, zumindest, wenn Jan nicht dabei ist.

»Ja?«, frage ich ebenso misstrauisch. »Und was genau findest du daran *komisch*?«

Tina wird rot, das sehe ich trotz der ganzen Make-up-Pampe im Gesicht. »Nicht wirklich komisch. Ich meine, es ist unglaublich, dass … Ach Mann, ihr versteht mich schon, oder?«

Klar nickt die Gang!

»Für Jasper ist das nicht komisch. Für ihn ist das richtig scheiße!« Ich greife zum Lenker und steige mit einem Fuß schon mal auf ein Pedal. »Aber er freut sich über jeden, der ihm hilft – anstatt zu lästern!« Mit einem Nicken in die Runde will ich los, doch Tina stellt sich vor mich.

»Ich kann sagen, was ich will – du verstehst es eh falsch. Hau ruhig ab, ich brauch nur die Kapitänsbinde.«

»Was?«

»Jasper hat sie nach dem letzten Spiel eingesteckt.

Sollte er eigentlich wissen, dass das nicht okay ist. Aber egal. Jan braucht sie nächsten Samstag. Und Jasper hat ihm erzählt, dass seine Sachen bei dir sind.«

»Stimmt.« Die Ampel ist grün, schon zum zweiten Mal, ich radel los. Ihr geht es gar nicht um Jasper, ihr geht es nur um diese blöde Kapitänsbinde!

»Hey, bring sie heute Abend mit, okay?«

Heute Abend? Ich stoppe kurz ab und schaue verwundert zu ihr zurück. »Wusste gar nicht, dass wir beide heute ein Date haben!«

»Ach, ich vergaß! Ohne Jasper ist dein Kontakt zur Außenwelt ja komplett abgeschnitten.« Tina grinst überheblich in die Runde. »Die Stufe trifft sich heute Abend ab zwanzig Uhr unten am Fluss. Auf der Wiese neben der Strandbar. War erst nur so 'ne Idee von uns, aber jetzt haben schon ganz viele gesagt, dass sie auch kommen wollen. Einfach, um noch mal zu quatschen. Über die Feier und …«

»Viele heißt eben nicht alle.« Das ist jetzt echt das Letzte, was ich brauche. Ich heb die Hand zum Abschied und radel los. »Die Binde geb ich bei Kalle ab!«, ruf ich nach hinten, ohne mich noch einmal nach ihnen umzusehen. Die Vereinskneipe ist jeden Abend geöffnet, das krieg ich bis Samstag irgendwie hin. Hauptsache, ich bin Tina los.

Emma sieht besser aus als gestern, auch die Schatten um ihre Augen sind weg, und sie lächelt, als sie mir die Tür aufmacht. Wir gehen raus in den Garten und verziehen uns mit zwei Liegen und einer kalten Cola in den Schatten. Das Beste an Emmas Eltern ist, dass sie so gut wie nie da sind.

»Sag mal, weißt du was von dem Treffen heute Abend?« Ich puste mir ein paar Strähnen aus der Stirn und kühle mein Gesicht an der kalten Dose.

»Ging vorhin 'ne Nachricht in der Gruppe rum. Wollt ich dir noch sagen, aber ich kann eh nicht.« Emma verdreht theatralisch die Augen. »Meine Ma wollt heute mal mit mir was essen gehen. Gehst du hin?«

»Bock hab ich keinen. Schon gar nicht, wenn du nicht mitkommst. Aber ich denk grad … vielleicht mache ich es doch – für Jasper! Ich könnte da für ihn ein bisschen was rauskriegen.«

»Weiß er denn wirklich gar nichts mehr?«

»Nee, gar nichts.« Ich schüttle den Kopf und atme tief durch. »Nicht mal, dass ich Schluss gemacht hab.«

Emma reißt die Augen auf und verschluckt sich an ihrer Cola. »Du hast *was*?«

Ich lege mich zurück und reibe mir nervös die Stirn. Das hier wird nicht leicht, war auch nicht geplant, aber es muss jetzt raus. »Ich hab mich doch mit Jasper gestritten, wegen der Wohnung. Er hat nicht verstanden, warum ich den Vertrag noch nicht unterschrieben habe.«

»Versteh ich ehrlich gesagt auch nicht. Die Wohnung ist –«

»Jetzt wart doch mal!«

Emma schaut mich verdattert an und hebt abwehrend die Hände. Okay, mein Ton war schärfer als gewollt, aber mich nervt es, wenn man mich nicht ausreden lässt. Gerade jetzt!

»Ich hab nicht unterschrieben, weil ich wahrscheinlich doch lieber erst das FSJ machen will. Ich will raus hier, irgendwo ins Ausland.«

Emmas Augen werden noch größer, ihr Mund steht offen, sie sagt aber nichts.

»Du musst gar nicht so gucken! Das hab ich dir schon oft erzählt, und Jasper sogar noch öfter. Aber vorgestern ist er richtig sauer geworden. Er hat gesagt, wenn ich jetzt für ein Jahr gehe, könnte ich ja gleich Schluss machen.«

»Und?« Emma ist jetzt leise und vorsichtig.

»Und dann hab ich es gemacht!« Ich schließe die Augen und warte auf das Donnerwetter. Aber es kommt keins. Bis auf nerviges Vogelgezwitscher bleibt es still. Unerwartet still, also mache ich die Augen wieder auf und schiele rüber. Emma sitzt auf ihrer Liege und starrt mich an. Wie 'ne Statue sieht sie aus, und ich winke ihr zu: »Atmen, Emma!«

»Ich kapier das nicht! Du verarschst mich, oder?«
Ich schüttle den Kopf.

»Du und Jasper! Ihr seid *das* Traumpaar! Wie kannst du das einfach wegwerfen?«

Meine Freundschaft zu Jasper war für Emma nie ein Problem. Am Anfang mochte sie ihn zwar nicht besonders, »falsche Herde«, meinte sie immer lachend. Aber einen Aufriss hat sie deswegen nie gemacht, und zum Schluss waren wir auch zu dritt gut unterwegs. Zum Schluss, wie passend!

»Vielleicht genau deswegen. Vielleicht war es zu rund, zu perfekt.« Das hört sich total blöd an, bei mir war noch nie irgendwas perfekt.

»Hast du ihm das vorhin erzählt? Ich meine, das mit der Trennung?«

»Nein.«

»Wieso nicht?«

»Weil ich nicht will.« Meine Stimme wird immer leiser. »Ich will nicht, dass Schluss ist.«

»Hä? Versteh ich nicht.«

»Ich auch nicht.« Ich weiß nicht, wie ich ihr mein Gefühlschaos erklären soll. »Vorhin im Krankenhaus …« Ich schüttle wieder den Kopf, es geht nicht, und mir kommen plötzlich die Tränen.

»Hey, Kim!« Emma setzt sich zu mir auf die Liege, nimmt mich in den Arm, und ich lass endlich den ganzen Scheiß raus.

»Ich liebe ihn!« Unter meinem Schluchzen bin ich kaum zu hören. »Es ist doch Jasper!«

»Eben.« Emma steht auf und holt mir eine Packung Taschentücher. »Schön, wenn es so bleibt!«

Was ich mache, wenn Jasper sich wieder erinnert, weiß ich noch nicht. Aber bis dahin ist hoffentlich alles wieder gut.

»Und was ist jetzt mit Ben?«

»Der kann mich mal!« Das Thema ist gut, das macht mich wütend, und ich setze mich auf.

Emma wirft mir einen spöttischen Blick zu. »Was kann er dich denn genau?«

Ich verdrehe die Augen. »Klar fand ich es toll, als er bei der Party aufgetaucht ist. Hey, er war quasi meine erste große Liebe! Gestern war es auch noch okay, aber heute … der hat mich nicht mal angeguckt, beim Training. Ist halt doch 'n Arsch.«

»Und wegen 'nem Arsch regst du dich so auf?«

»Lassen wir das.« Doch nicht so ein gutes Thema.

»Ist bestimmt auch besser so.« Emma steht auf und lässt die Markise weiter runter. »Kann nämlich gut sein, dass er noch richtig Ärger kriegt.«

Ich setze mich ruckartig auf. »Wieso?«

»Die Polizei nimmt ihn wohl ganz schön in die Mangel.«

»Was?« Ich muss die Hand über die Augen halten, um Emmas Gesicht sehen zu können. Scheiß Sonne!

»Die Polizei schließt nicht aus, dass es –« Emma überlegt, und ich halt die Luft an. »Fremdverschulden, genau. Die schließen Fremdverschulden nicht mehr aus. Sie haben eine Petroleumlampe gefunden und ermitteln jetzt auch wegen Brandstiftung.«

Mir schwirrt der Kopf. Brandstiftung? Aber … »Und wieso Ben?«

»Ich hab's nicht genau verstanden. Irgendwie gibt es bei den Jeschkes Ärger. Der Hof läuft nicht so gut, und der alte Jeschke will einiges anders machen. Ben ist damit wohl nicht ganz einverstanden.«

»Und deswegen soll er den Hof angezündet haben?« Ich zeig ihr einen Vogel. »Sind die jetzt alle völlig durchgeknallt?«

»Er hat kein Alibi für die Tatzeit.« Hat ihr Blick tatsächlich was Triumphierendes?

»Das stimmt doch gar nicht!«, fahre ich sie an, und sie zuckt zusammen. Ist zwar blöd, aber ich muss jetzt alles sagen. »Ich war mit ihm zusammen!«

Emma braucht einen Moment, sie schluckt, und ich sehe, wie es in ihrem Kopf arbeitet.

»Allein?« Sie fragt mich das ganz ruhig, doch ihre Augen machen mir klar, dass sie enttäuscht von mir ist. Aber ich hab keinen Bock auf ein schlechtes Gewissen. Wieso auch? Es war offiziell Schluss! Also nicke ich wie selbstverständlich und trinke von der warmen Cola. Bäh!

»Und wieso sagt er das dann nicht der Polizei?«

Ich zucke gleichgültig mit den Schultern, finde ihre Frage aber schon richtig. Wär ja besser für ihn, wenn er den Bullen von uns erzählt. Würde doch alles klären. Warum also schweigt er? »Um mich zu schützen?« Das ist die einzig logische Erklärung und doch unglaublich. Er soll verdammt nochmal ein blöder, arroganter Arsch sein!

»Er bringt sich in solche Probleme, nur um dich zu schützen?« Emma schüttelt sich, als ob ihr bei der Hitze kalt wäre. »Was habt ihr denn an dem Abend laufen gehabt?«

Emma will mehr Infos, aber ich hab jetzt keine Zeit zu beichten. Mir fällt was ein.

»Scheiße!« Ich springe von der Liege und fange an, meine Sachen einzusammeln. »Ich hab den Zettel weggeworfen!«

Emma setzt sich auf und schaut mir kopfschüttelnd zu. »Ich versteh nur noch Bahnhof.«

»Die Nummer von der Heitmeier. Sie hat mir ihre Telefonnummer dagelassen, und ich hab sie weggeworfen.« Hoffentlich hat meine Mutter meinen Mülleimer noch nicht geleert. Die Steine unter mir sind heiß, und ich hüpfe über die Terrasse, bis ich endlich meine Flipflops gefunden habe.

»Heitmeier?«

»Die Polizeitussi. Ich ruf dich später an, okay?«

81

Ich bin schon fast an der Tür, als Emma mich am Arm packt und zurückhält. »Du willst die echt anrufen?«

»Ey, ich bin die Einzige, die Ben helfen kann, und das mach ich auch!«

Ich will mich losmachen, aber Emma greift fester zu. »Hast du mal dran gedacht, dass er vielleicht nur seinen eigenen Arsch retten will? Kim, der ist doch sicher auch nicht solo!«

Das sitzt. Emma kann loslassen, ich lehne mich an die Tür. Ben hat mir nichts von einer Freundin erzählt, und trotzdem wäre es hirnverbrannt zu denken, er hätte keine. Hab ich das echt gedacht? Ich ignoriere das Ziehen im Magen, das kann ich gut, und fange an zu grinsen.

»Na und? Dann erfährt seine Tussi eben, dass er mit mir draußen war. Hab ich kein Problem mit.«

Aber Emma findet das nicht lustig. »Und dass du Jasper damit weh tust, ist dir wohl völlig egal, oder?«

»Nein, aber …«

»Denk doch mal nach! Du warst so was von neben der Spur, als Ben nach Brasilien gegangen ist. Und Jasper hat so lange um dich gekämpft. Wenn der hört, dass da jetzt was am Laufen ist, dreht der durch!«

»Da läuft aber nichts, Emma.« Mein Ton klingt überzeugend, aber in die Augen schauen kann ich ihr dabei nicht. Emmas Kopfschütteln kriege ich trotzdem mit.

»Es reicht schon, dass er wieder in deinem Hirn rumgeistert! Jasper weiß genau, wie lange du darauf gewartet hast, dass Ben doch wieder nach Hause kommt. Wie lange du nichts Festes haben wolltest, auch mit Jasper nicht. Meinst du nicht, dem geht's gerade schon beschissen genug?«

Ich weiß, dass sie recht hat.

Auf dem Weg nach Hause überlege ich fieberhaft, was ich jetzt tun soll. Ich komme mir vor wie auf einem Minenfeld, ein Schritt – egal in welche Richtung –, und alles geht hoch.

Erst als ich zu Hause in meinem Zimmer den Mülleimer stehen sehe, weiß ich, wie ich es machen werde. Ich gebe die Entscheidung ab. Ist er geleert worden, Pech für Ben. Ist der Zettel noch drin …

Meine Hände zittern, als ich die Nummer wähle. Vielleicht geht sie ja gar nicht ran.

»Heitmeier?« Wär ja auch zu schön gewesen.

»Hier ist Kim«, sage ich leise, und meine Stimme zittert.

»Oh, hi, Kim!« Heitmeier ist überrascht. »Was gibt's?«

»Es geht um Ben. Ich hab gehört, dass er ganz oben auf eurer Abschussliste steht.«

»Dazu kann ich nichts sagen.« Sie klingt vorsichtig.

83

»Ich aber. Ben war bei mir. Er kann es nicht gewesen sein.«

Einen Moment herrscht Stille. »Kim, das ist kein Spaß, okay? Was eine Falschaussage ist, muss ich nicht erklären, oder?«

»Ich war fast den ganzen Abend mit Ben zusammen. Und dass das hier kein Spaß ist, musst du mir nicht erzählen.« Damit lege ich auf und werfe mich aufs Bett.

Es tut mir leid, Jasper!

Du hast echt gekämpft. Um mich. Um uns. Und das, obwohl ich oft nicht fair gewesen bin.

Ich greife zu dem Buch auf meinem Nachttisch und ziehe das Lesezeichen raus: die laminierte Eintrittskarte zum Open-Air-Festival vor zwei Jahren.

Meine Lieblingsband.

Unser erstes Date.

Habe ich das gerade alles kaputtgemacht?

Ob ich tatsächlich zu dem Stufen-Treffen gehe, weiß ich noch immer nicht, auch wenn ich grad den Weg zum Fluss einschlage. Unter der Dusche vorhin war ich mir noch sicher, jetzt bin ich es nicht mehr. Jasper könnte das: jeden ausquetschen, ohne dass es einer mitkriegt. Ich nicht. Wie auch? Hab ja mit vielen noch nie ein Wort gewechselt. Und wenn doch, dann sicher nichts Nettes.

An der alten Holzbrücke erinnert mich das rote Schild daran, dass ich hier nicht weiterkomme. Das Ding ist seit Wochen gesperrt.

Es wär echt nicht weit, das Treffen ist praktisch gegenüber, aber ich hab keine Lust, zur nächsten Brücke zu fahren, also stelle ich mein Fahrrad ab und krabbele unter dem Absperrband hindurch.

Schön hier oben allein! Und ich kann alles sehen, ohne gesehen zu werden. Ich lehne mich an das Brückengeländer und beobachte das andere Ufer. Neben der Strandbar wimmelt es von abgestellten Fahrrädern, und ich sehe einige bekannte Köpfe, die gerade auf dem Weg zur Wiese sind. Scheinen viele zu kommen.

»Na los, die warten doch schon alle auf dich!« Ich zucke zusammen, die Stimme, die das sagt, kommt von hinten und trifft mich völlig unerwartet.

Tim sitzt ans Geländer gelehnt auf dem Brückenboden und grinst frech zu mir hoch. »So schreckhaft?«

Ich lächle freundlich, gehe ein paar Schritte auf ihn zu, reiße dann plötzlich das Knie hoch und lasse meinen Fuß nach vorne schnellen. Mein Ziel: sein Kopf. Nur wenige Zentimeter davor breche ich ab, sein geschockter Blick reicht mir völlig. »So schreckhaft?«

Ich drehe mich wieder um und stelle mich zurück ans Geländer. Es werden immer mehr. Sie sitzen in Grüppchen zusammen oder stehen unten am Fluss.

Unsere Stufe hat sich hier schon oft getroffen und Party gemacht. Heute ist es eher still.

»Du stinkst nach Bier«, stell ich nüchtern fest. Tims Atem weht mir ins Gesicht, er hat sich neben mich gestellt.

»Willst du auch eins?«

Corona – mag ich eigentlich nicht so, greife aber trotzdem nach der Flasche und heble sie am Brückengeländer auf. Ein bisschen Mut könnte ich mir schon antrinken.

»Wo ist eigentlich Marek?« Ich sehe mich suchend um und schaue Tim dann verblüfft an. »Hat er dich tatsächlich von der Leine gelassen?«

Er lacht. »Du läufst ja auch frei rum, oder hab ich Emma irgendwie verpasst?«

Ich antworte nicht.

»Gehst du hin?«

Ich öffne die Augen und blinzle zu Tim rüber. »Weiß ich noch nicht. Du?«

»Sicher nicht!« Tim schnaubt bitter. »Mit denen sind wir fertig.«

»Auf der Party wart ihr aber noch.«

»Nur kurz. Wurden dann ja wieder rausgeschmissen.« Sein plötzliches Auflachen klingt alles andere als lustig. »Bisschen viel Rausschmeißen in letzter Zeit!«

»Ist das denn mit der Schule jetzt schon sicher? Ich

dachte, die wollten noch mal drüber nachdenken, ob ihr nächstes Jahr …«

»Ich weiß gar nicht, ob ich noch an der Schule bleiben will«, unterbricht mich Tim. »Marek geht auf jeden Fall weg. Und meine Mutter hat auch gekündigt. Das ganze Gerede … Für die war die Sache am Schlimmsten.«

»Warum hast du das eigentlich gemacht?« Ich hab die Aktion nie verstanden. Tim war immer mit bei den Jahrgangsbesten. »Du hattest das doch gar nicht nötig.«

»Wir wollten nicht nur reingucken.« Tim macht sich noch 'ne Flasche auf. Scheinen eine ganze Menge in seiner Tasche zu sein. »Wir wollten sie klauen.«

»Hä?«

»War so 'ne spontane Idee. Wir wollten wissen, was passiert, wenn alle am Morgen dasitzen und die Abiklausuren sind weg. Prost!« Er nimmt einen tiefen Zug aus der Flasche, setzt sie dann ab und atmet tief durch. »Hatten wir uns total lustig vorgestellt.«

»Mit *wir* meinst du dich und Marek?«

»Ja.« Tim schaut misstrauisch zu mir, und sein Ton hat was Vorsichtiges, als er bestätigt: »Marek und ich!«

»Also hat der Hausmeister doch einen Schatten.«

»Was? Wieso?«

»Die Frage geht seit Wochen in der Schule rum. Hat der Hausmeister den Schatten am Fenster jetzt wirklich gesehen, oder hat er nur selber einen?«

87

Tim lacht, hebt dann die Flasche zum Mund und nimmt einen tiefen Schluck – ohne mich dabei aus den Augen zu lassen. »Ihr denkt zu viel.«

Ich halte den Blick aus, versuche, in seinen Augen zu lesen, aber die lassen nichts durch. »Was wolltet ihr mit den Klausuren machen?«

Tim zuckt mit den Schultern. »Hatten wir noch nicht ganz geklärt. Verbrennen hätte gepasst, oder?«

»Sehr witzig!« Ich dreh mich um und schaue durch die Holzbalken zur Wiese. Es wird schon dunkel.

»Ich wollte sie ja verschicken, so als Urlaubspost. Hättest du dich doch sicher auch drüber gefreut, oder? Jeder kriegt seine nach Hause. Aber das wollten die anderen nicht. Das wär zu teu…«

Es ist sicher mein Grinsen, das Tim stoppen lässt. Es ist aber auch zu breit, um es zu übersehen. »*Die* wollten das nicht? Mann, muss das ein guter Freund sein, den ihr da deckt.«

Tim schweigt.

»Oder ein riesiges Arschloch!«

Tim schaut mich lange an, steht dann auf und packt seine Sachen. »Freund oder Arschloch? Liegt manchmal dicht zusammen. Müsstest du doch wissen!« Er klopft zum Abschied aufs Geländer und geht.

Ich sehe ihm nach – schwankt er tatsächlich, oder ist das die Brücke? *Freund oder Arschloch?* Sein Blick dabei war komisch. Meinte er mich damit? Weil ich ihn und Marek verpetzt habe? Ich bin doch sicher nicht die Einzige gewesen, die der Polizei von ihnen erzählt hat.

Ich nehme meine Bierflasche und ziehe mich am Geländer hoch, ich will jetzt auch nach Hause. Das Treffen da unten ist nichts für mich.

Das Fahrrad schiebe ich noch 'ne Weile am Fluss lang, wär sonst schade ums Bier. Ich geh langsam – muss ich auch. Im Dunklen war ich lange nicht mehr hier, Laternen gibt's keine, andere Spaziergänger auch nicht, und meine Fahrradlampe funktioniert nur, wenn man fährt. Für den letzten Schluck halte ich an, drehe mich um und proste den Lichtern zu, die von der Wiese noch winzig zu mir herüberflackern. *Ein Hoch auf* … Hä? Spinn ich, oder sitzt da wirklich jemand unten am Ufer? Auf dem Stein – keine zehn Meter vor mir! Ich lasse die Flasche sinken, ganz langsam, und starre ins Dunkle. Doch, da ist jemand! Scheiße! Mein Atem fängt an zu zittern, das kalte Kribbeln am Rücken will sich grade ausbreiten, als ich die Stimme erkenne. Tim!

»… die hat mich grad vollgetextet …« Er telefoniert, das Display leuchtet.

Ich halte die Luft an und spitze die Ohren. Spricht er von mir?

»Nee, der müsste noch da sein. War er vorhin auf jeden Fall noch … Was? Klar ist das blöd, aber 'ne

halbe Stunde hast du mindestens noch. ... Was, echt?«
Tim lacht. »Geil! Steck ein, das Zeug ist sicher ganz
frisch! Wir können ...«

Vorsichtig schiebe ich mein Rad weiter, Tim jetzt
noch mal zu begegnen könnte für mich unangenehm
werden. Irgendwas haben die da am Laufen – irgendwas, das nach Ärger riecht!

Auf dem Weg ins Bett sehe ich die Kapitänsbinde
auf dem Boden liegen. Mir ist sie selbst in der kleinsten Einstellung zu groß. Sie rutscht, aber ich lasse sie
trotzdem an. Ein Teil von Jasper! Ich hab gekniffen
heute Abend, und scheinbar wusste ich das vorher
schon. Wieso hätte ich sie sonst hiergelassen?

Egal – geb ich sie halt Kalle. Morgen – vielleicht.

Woher wusste Emma das eigentlich mit der Lampe
und mit den Jeschkes? Diese Frage kommt mir ganz
plötzlich, vielleicht, weil ich an die Lichter auf der
Wiese denken muss, und lässt mich nicht einschlafen.
Ich wollte Emma ja eh noch mal anrufen. 22:10 Uhr
zeigt mein Handy, sie schläft bestimmt noch nicht.

»Und? Hast du sie angerufen?« Keine Begrüßung,
Emma knallt mir nur diese Frage hin.

»Wen?«

»Wen wohl? Die Heitmeier!«

Die hatte ich jetzt echt verdrängt. »Ja.«

Ich höre ihr verächtliches Schnaufen, ansonsten

bleibt es still. Emma wartet auf mehr Infos. Kriegt sie aber nicht.

»Ich werd das Jasper morgen schon irgendwie verklickern.« Meinen Ton versuche ich locker zu halten, aber in mir zieht sich alles zusammen. Das Gespräch mit ihm wird alles andere als leicht werden.

»Na dann, viel Glück!« Emma klingt abweisend, und ich fühle mich noch mieser.

»Woher weißt du das eigentlich alles? Ich mein, das mit der Lampe und Ben.«

»Hannes hat mich heute Nachmittag angerufen.«

»Hannes?« Ich versuche, ganz unschuldig zu klingen, aber jetzt ist sie dran. »Muss ich da irgendwas wissen?«

»Wieso?«

»Neuer Lover?«

Emma lacht auf, und die Spannung löst sich ein wenig. »Spinnst du? Der ist zwar nicht so blöd, wie ich dachte, aber so nötig hab ich's auch nicht.«

»Er aber vielleicht!« Auch ich muss jetzt lachen.

»Blödsinn! Der wollte mich nur warnen. Kann sein, dass die Bullen auch noch mal bei mir auftauchen.«

»Bei dir? Wieso das denn?«

»Ich hab mit Hannes Thekendienst gemacht. *Du* warst ja abwesend.«

Vorwürfe bin ich von Emma überhaupt nicht gewohnt. »Und?« Ich frage einfach weiter.

»Das Crushed Ice war alle. Wir sind zum Haupt-haus, zur Kühltruhe rüber. Vom Feuer haben wir da erst mal gar nichts mitbekommen.«

Erst jetzt wird mir klar, dass ich Emma noch nicht einmal gefragt habe, wo sie eigentlich war. Mann, ich muss gestern ganz schön benebelt gewesen sein. »Du warst also auch nicht in der Scheune?«

»Nein, als wir zurückgegangen sind, kamen alle panisch rausgelaufen, und …« Ich höre Emma atmen und mit sich kämpfen. »Egal, ich bin auf jeden Fall Hannes' Alibi.« Dann lacht sie plötzlich, fast ein we-nig hysterisch. »Tja, die Jeschke-Brüder. Reiten uns ganz schön in die Scheiße, oder?«

»Und war Heitmeier schon da?«, frage ich vorsich-tig. Emma liebt die Bullen mindestens genauso wie ich, nur dass es über mich bei denen noch keine Akte gibt.

»Nein.« Und jetzt hört es sich wieder nach Emma an. »Wahrscheinlich trauen die sich gar nicht hierher.«

Sonntag, 4. Juli

Amnesie!! Besser geht's nicht! 20:12

Wer bin ich? Wo bin ich?
Und wo warst du? ;-) 20:43

Ich kann dir zur Erinnerung gerne
Fotos schicken. 20:44

Was für Fotos???? 20:47

»NEIN … Nein, das wird nicht passieren. Erstens ist das sowieso nicht üblich, und zweitens hab ich das geklärt. Sein Name wird nicht auftauchen …«

Ich würd ja zu gerne wissen, mit wem Papa da telefoniert. Lauschen geht nicht, Mama geistert hier oben noch irgendwo rum, ich höre den Staubsauger. Außerdem scheint das Gespräch ja eh kein Geheimnis zu sein, sonst würde Papa nicht so offen in der Küche telefonieren. Ich gehe einfach ganz langsam: die Treppe runter und durch den Flur zum Küchentisch.

»Ich glaube nicht, dass die das machen. Aber wenn, sagst du einfach gar nichts. Das ist hier ja kein Staatsakt! Die werden nicht … nein …« Papa kommt nicht weiter – hat ihn sein Gesprächspartner eben unterbrochen? Mag er eigentlich gar nicht, scheint ihn im Moment aber nicht zu stören. Er lächelt mir zu und zeigt dann fragend auf die Kaffeemaschine.

»Maria, ich muss gleich los … Nein, kein Problem … Und wegen der Untersuchungsergebnisse melde ich mich dann später. Okay?«

»Probleme?«, frage ich möglichst gleichgültig, als er aufgelegt hat.

»Ach, die Maria! Hat Angst wegen der Presse.« Papa stellt mir einen Kaffee auf den Tisch und legt die Zeitung daneben – den Regionalteil.

Es ist nur ein Bild!, versuche ich mir einzureden, und doch zittert meine Hand so sehr, dass ich die Tasse wieder hinstellen muss. Für die meisten ist es nur eins von vielen Fotos, die die Zeitungen so abdrucken. Für mich ist es der blanke Horror. Die Scheune brennt, und das wohl auch schon länger. Die Flammen kommen überall raus – meterhoch. Ich höre noch das Prasseln. Ich erinnere mich an die Hitze und kriege eine Gänsehaut. Am Bildrand sieht man umgeworfene Bierbänke. Auf einer habe ich kurz gesessen. Der Text daneben besagt nichts Neues, im Gegenteil. Im Artikel steht, dass man von einem tragischen Unfall ausgehe. Jasper wird erwähnt. Nicht mit Namen, wie Papa vorhin am Telefon richtig bemerkt hat. Er ist der 18-Jährige, den man schwerverletzt ins Krankenhaus gebracht hat. Über seinen aktuellen Zustand steht nichts drin.

Ich leg sie weg, die Zeitung. Schieb sie einfach rüber und versuche, die Angst – oder was auch immer das ist, was ich grad spüre – runterzuschlucken.

Jasper ist da rausgekommen. Nichts ist wirklich passiert. Alles wird gut. Alles ist wie vorher ... Heile, heile Segen! Bei jedem Schluck Kaffee betäube ich mich mehr.

»Vielleicht kannst du sie heute Vormittag mal besuchen?«

»Was?« Hab weder mitbekommen, dass der Staubsauger mittlerweile in die Küche gekommen ist, noch,
dass er angefangen hat, auf mich einzureden.

»Du hast doch heute nichts vor. Und Maria würde
das sicher freuen.« Mama schiebt die Zeitung wie
beiläufig weiter, unter den Stapel Post. Nichts sehen –
nichts spüren. Wieso klappt das bei ihr?

»Geht nicht. Ich wollte jetzt gleich zu Jasper. Hab
ich …«

»Das wird vor Mittag nichts«, unterbricht mich
Papa, der noch einmal in die Küche gekommen ist.
»Heute Morgen stehen bei ihm einige Untersuchun-
gen an. Ich schick dir eine Nachricht, wenn es geht.«
Mama kriegt ihren Kuss, ich ein nettes Lächeln, dann
ist er weg.

Auf Maria hab ich überhaupt keine Lust, auf ein Gespräch mit Mama genauso wenig. Austrinken, aufstehen, duschen – aber auch wenn ich das Duschen in die
Länge ziehe, reicht es nicht wirklich als Programm bis
mittags. Ich muss mit Jasper reden, ihm von Ben erzählen, und hab echt Schiss davor. Warten ist da ganz
schlecht.

Aufräumen würde die Zeit sicher füllen. Aber ich
wüsste gar nicht, wo ich hier anfangen soll, von meinem eigentlichen Zimmer ist nicht viel zu sehen. Vielleicht sollte ich wenigstens die frischen Klamotten ret-

ten? Ich nehme den Wäschekorb, trage ihn sicher über das Chaos am Boden und stopfe alles einigermaßen ordentlich in meinen Schrank.

Hat keine fünf Minuten gedauert. Blöd.

Auf meinem Schreibtisch finde ich den immer noch nicht unterschriebenen Mietvertrag. Ich nehme ihn in die Hand, leg mich aufs Bett und les ihn mir zum hundersten Mal durch. Es klingt alles so gut: die Höhe der Miete, die Lage, die Größe der Wohnung und vor allem der Name meines Mitbewohners. Warum unterschreib ich ihn nicht einfach jetzt?

ZIMMER 31. Vor nicht mal zwanzig Minuten kam die SMS von meinem Vater, dass ich jetzt zu Jasper kann. Ich bin gerast, will das jetzt gleich klären, also klopfe ich an und gehe rein. Doch Jasper ist nicht allein. Maria sitzt auf der Bettkante und macht keine Anstalten aufzustehen, als sie mich reinkommen sieht.

»Ach, Kim«, begrüßt sie mich kopfschüttelnd. »Was macht ihr nur für Sachen?«

Was soll ich darauf sagen? Nichts! Ich umarme sie einfach kurz und schaue dabei zu Jasper, der genervt die Augen verdreht.

»So, Platzwechsel!« Er grinst und klopft seiner Mutter auf die Schulter. »Schön, dass du da warst.«

Maria steht auf, drückt mir im Vorbeigehen die Hand und flüstert dabei: »Wir kriegen ihn schon wieder auf die Beine. Keine Sorge.«

Dann ist sie weg, und Jasper atmet erleichtert auf. »Du bist meine Rettung. Ehrlich! Noch fünf Minuten länger, und ich hätte mich wieder auf die Intensiv einweisen lassen.«

»Entschuldigt bitte.« Maria kommt noch einmal zurück, und wir halten die Luft an. »Ich will gar nicht stören. Ich hab nur eine Frage an dich, Kim: Steht Jaspers Fahrrad noch am Hof?«

»Ja, aber Ben ... äh, Jeschkes haben es in den

Schuppen gestellt.« Zu spät, Jasper hat es gehört und schaut mich prüfend an.

»Dann ruf ich da mal an. Tschüs, ihr beiden.« Maria geht, und im Zimmer wird es still.

»Hm …«, Jasper räuspert sich. »Hast du eben *Ben* gesagt?«

»Ja. Er ist hier. Er war auch kurz auf der Party.« Das Thema ist da, so wollte ich es, und trotzdem komme ich nicht so richtig in Gang. Mir ist heiß, meine Hände schwitzen, meine Kopfhaut kribbelt, und ich bin längst nicht so klar, wie ich es sein wollte. Dafür arbeitet es in Jaspers Kopf, das sehe ich, auch wenn er nicht mich anschaut, sondern auf die Bettdecke starrt.

»Und …« Er stockt, schließt die Augen und atmet durch. »Und woher weißt du das mit meinem Fahrrad?« Der Blick, den er mir zuwirft, brennt mir direkt ins Herz. Jasper war nie jemand, dem ich was erklären musste oder der mich ausgequetscht hat, und ich spüre, wie mies er sich jetzt gerade dabei vorkommt.

»Ich war am Hof, weil ich mein Rad abholen wollte. Emma hat mich am Samstag hingefahren.« Ich stehe noch immer ziemlich blöd im Zimmer rum, würde mich gern setzen, zögere aber.

»Und dann?«

»Du hattest mein Fahrrad mit abgeschlossen.«

Jasper zuckt mit den Schultern, und seine Lippen

verziehen sich zu einem leichten Lächeln. »Bin halt vorsichtig!«

»Ich weiß.« Spöttisch ziehe ich die Augenbrauen hoch und lass ein bisschen Luft ab. Die Stimmung im Raum fühlt sich nicht mehr ganz so stickig an, Jaspers Lächeln ist breiter geworden. Ich traue mich endlich zu ihm, ziehe meine Schuhe aus und setze mich im Schneidersitz aufs Bett. »Ich war in dem Moment echt fertig. Ben hat das gesehen, und er hat das Schloss für mich geknackt. Ich bin dann nach Hause. Und dein Rad hat er reingestellt.«

»Wie nett von ihm.« Jasper atmet tief aus und nimmt meine Hand. »Aber der Typ ist halt nicht grade mein Lieblingsthema.«

Und dabei weißt du noch nicht mal alles, denke ich.

»Hilfst du mir mal?«

Ich schaue verwundert zu ihm, als ich sehe, dass er Anstalten macht aufzustehen. »Willst du jetzt los und ihm eine verpassen, oder was?«

In Jaspers Augen blitzt es auf. »Gute Idee, aber vorher muss ich erst mal aufs Klo.« Er kommt vorsichtig auf die Beine, seine Schritte wirken noch extrem unsicher, und ich helfe ihm beim Laufen. Als ich ihn gerade wegen seines komischen Gangs aufziehen will, sehe ich, wie geschwollen sein rechter Knöchel ist.

»Was ist denn mit deinem Fuß los?«

»Keine Ahnung. Ich hab das deinem Vater heute

Morgen schon gezeigt, und er schaut es sich nachher genau an. Tut scheiß weh beim Auftreten.«

Als Jasper zurückkommt, legt er sich vorsichtig zurück ins Bett, nimmt sich wie selbstverständlich einen meiner Füße, streicht mit seinen Fingern langsam darüber und fängt dann an, ihn ganz sanft zu massieren. Er weiß, wie sehr ich das mag, und ich werte das mal als Friedensangebot, lehne mich zurück und schließe die Augen.

»Gibt's sonst was Neues?«

»Die Polizei hat eine Petroleumlampe gefunden.«

Jaspers Daumen hält abrupt inne. »In der Scheune?«

»Na ja, eher in dem, was davon übrig geblieben ist.«

»Aber wir haben die Lampen nur draußen auf die Tische gestellt. Ehrlich, Kim. Kannst den alten Jeschke fragen. In der Scheune war keine einzige!«

»Das weiß ich. Die Bullen glauben aber jetzt doch, dass die Scheune mit Absicht abgefackelt wurde.«

»Was?« Jaspers Gesicht ist krankenhausweiß. Seine Augen wirken dadurch noch dunkler, und immer wieder reibt er sich mit seinen Händen über die Stirn. »Wissen die auch schon, wer …?«

»Nein.«

»Na super!« Seine Stimme wird plötzlich laut und aggressiv. »Und das ist … für mich ist das zum *Kotzen*!«

101

Ich rutsche unruhig am Bettende hin und her, spüre den Metallgriff hart im Rücken. So kenne ich Jasper nicht. Und mir ist nicht klar, was ihm gerade durch den Kopf geht, was ihn so wütend macht. Ich bleibe still – warte ab.

»Ich lieg hier rum und weiß nichts. Gar nichts! Bin aber der Einzige, der was abgekriegt hat. Und das Beste daran ist …« Er schaut mich hilflos an. »Egal, wen ich frage, niemand weiß, wo ich war.«

»Nicht mal Jan?«

Auf die Frage krieg ich nur ein Kopfschütteln. »Ich hab fast alle angerufen. Nichts!« Seine Stimme ist wieder leise, fast nur noch ein Flüstern. »Und ich habe Angst. 'ne Scheißangst, dass sie *mir* das Ganze anhängen!«

»Was? Jasper, du spinnst!« So ein Blödsinn! Und doch spüre ich, wie es anfängt, das Prickeln zwischen den Schulterblättern. Abschütteln geht nicht, die Angst bleibt kleben. Was, wenn Jasper doch recht hat? Die Bullen müssen alles aufklären, haben aber nichts in der Hand. Ben hat jetzt ein Alibi – Jasper hat keins. Zaghaft streichle ich seine Hand und versuche, ihn zu beruhigen. »Für so was brauchen sie Beweise, Jasper. Und die kriegen sie nicht. Können sie gar nicht, weil es keine gibt!«

»Auf der Liste der Verdächtigen stehe ich auf jeden Fall. Die tauchen hier bald noch mal auf.«

»Die verdächtigen uns alle. Sogar Jeschkes selbst.«

Jasper zieht erstaunt die Augenbrauen hoch. »Jeschkes? Wieso das denn?«

»In der Familie gibt's Streit um den Hof. Emma hat's mir erzählt. Aber ich krieg das nicht mehr so richtig zusammen. Allerdings …«

Los, Kim, gleich ist es raus. Scheiße, bin ich nervös!

»Allerdings?«

»An den Eltern sind sie wohl noch dran. Aber Hannes und Ben haben ein Alibi. Emma war mit Hannes in der Zeit im Haupthaus. Die wollten noch Eis holen. Und Ben kann es auch nicht gewesen sein. Er … er war mit mir draußen.«

Es ist raus, aber ich fühle mich keine Spur leichter. Jasper sitzt da wie versteinert, starrt mich mit zusammengekniffenen Augen an. Ich friere.

»Na super!« Sein plötzliches Lachen klingt hart, und ich rutsche erschrocken von ihm ab. Sein Blick ist kalt und abweisend. »Deine große Liebe ist also endlich zurück. Und während du dich mit dem Typen draußen vergnügst, werde ich, wo auch immer, k. o. geschlagen und verrecke fast in der Scheune.«

Jaspers Worte krallen sich um meinen Magen und drücken richtig zu. Bitter steigt es mir auf. Bin *ich* schuld? Nur drei Worte. Aber die Frage dahinter baut sich dunkel auf gegen mich. Ich war nicht bei ihm, ich hab ihm nicht geholfen. Aber doch nicht wegen Ben!

103

Der ganze Scheiß ist doch nur passiert, weil *er* vorher diesen Streit angefangen hat. Ich stehe auf und gehe zum Fenster. »Wir haben uns an dem Abend ziemlich gezofft. Du und ich.«

»Auf der Party? Wieso das denn?«

Ich muss Jasper nicht ansehen, ich spüre auch so seine Zweifel, während ich weiter aus dem Fenster starre. »Über's FSJ. Du hast gesagt, wir könnten gleich Schluss machen, wenn ich für ein Jahr weggehe, und da …«

Ich kann nicht weitersprechen, Jasper lacht wieder so blöd. »Und du glaubst, dass ich dir das abkaufe?«

»Was?« Das kann ja wohl nicht wahr sein! Ich hab gedacht, er würde traurig oder sauer sein. Auch mit Vorwürfen hab ich gerechnet. Aber nicht damit, dass er mir nicht glaubt! Ich drehe mich langsam um und sehe in harte, dunkle Augen.

»Das hast du dir ja richtig gut zurechtgelegt! Verdammt praktisch für dich! Der Dumme weiß ja nichts, dem kannst du einfach alles erzählen.«

»Sag mal, spinnst du?« Ich hab nur noch ein Rauschen in den Ohren, und mein ganzer Körper zittert, als ich auf ihn zugehe. »Du glaubst, ich hätte mir das nur ausgedacht? Glaubst du wirklich, ich würde dich anlügen?«

Lange starren wir uns an, ohne etwas zu sagen, bis Jasper als Erster den Blick senkt. Seine Finger kneten unruhig die Bettdecke, seine Zähne kauen nachdenklich auf seiner Unterlippe herum. Ich sehe, wie er kämpft, und setze mich vorsichtig ans Bettende.

»Wenn er irgendein Ex von dir wäre, dann wär das schon scheiße genug. Aber der?« Jasper schüttelt den Kopf. »Du kennst den doch nicht mal wirklich! *Deinen* Ben gibt es überhaupt nicht. Den hast du dir jahrelang zurechtgeträumt, so wie du ihn haben willst.« Seine Lippen beben, in seinen Augen sind Tränen, als er weiterspricht. »Ist nur verdammt blöd für mich! Oder verrätst du mir, wie ich gegen Mr Perfekt gewinnen kann?« So verzweifelt habe ich Jasper noch nie gesehen. Und er versteckt nichts davon. Ich will nach seiner Hand greifen, aber er zieht sie weg. Mein Atem bleibt stehen, meine Hand verstecke ich unter meinem Bein, mir ist schlecht. Ich darf ihn nicht berühren! Jetzt nicht – oder meint er nie mehr? Mein Kopf ist leer, hab keine Ahnung, wie oder ob ich das hier irgendwie wieder zurechtbiegen kann. Ich hab Angst, was Falsches zu sagen, also sag ich gar nichts.

Jasper auch nicht. Er legt sich auf sein Kissen zurück und macht die Augen zu. Will er, dass ich gehe?

Ich stehe leise auf, angle vorsichtig meine Schuhe unter dem Bett hervor und zucke zusammen, als er plötzlich fragt: »Weißt du, was ich finde?«

Ich schüttle den Kopf, bin mir aber ziemlich sicher, dass ich gar nicht hören will, was er so findet.

»Du solltest die Zeit mit ihm nutzen.« Jasper hat die Augen wieder geöffnet und dreht den Kopf langsam in meine Richtung. »Du solltest ihn kennenlernen! Triff dich mit Ben, geh mit ihm ins Bett, mach, was du ...«

»Sag mal, hast du sie noch alle? *Du* willst, dass ich mit Ben schlafe?« Dreht der hier jetzt völlig durch? »Ich glaub, dein Gehirn ist noch total benebelt, sonst würdest du mir nicht so 'ne Scheiße vorschlagen!«

»Ob es scheiße war, kannst du mir ja dann nachher erzählen.« Jasper klingt total abgeklärt, sein Gesicht ist für mich eine einzige Maske. Aber dahinter, dass kann ich sehen, versteckt er seinen ganzen Schmerz.

Ich schnappe mir meine Tasche und gehe.

JETZT bloß niemanden treffen, den ich kenne. Ich fühl mich wie 'ne Bombe, kurz vorm Explodieren, während ich durch die weißen Gänge des Krankenhauses laufe. Am Ausgang knalle ich beinahe mit einem Pärchen zusammen, das grade reinwill. Nicht meine Schuld, sollen die doch aufpassen! Doch die Frau sieht das wohl anders und hält mich am Arm fest.

»Gut, dass ich dich treffe!«

Ich schaue hoch, in die Augen von Heitmeier.

»Wir müssen reden.«

»Jetzt nicht«, gebe ich zurück und reiße mich los. Mein Gesprächsbedarf für heute ist absolut gedeckt, und Heitmeier scheint es zu checken. Sie geht einen Schritt zurück und mustert mich von oben bis unten. »Ist wohl wirklich nicht der optimale Zeitpunkt.« Ihr Blick bleibt an meinem Gesicht hängen, und ich wische mir schnell mit dem Handrücken die verräterischen Spuren unter den Augen weg.

»Ich erwarte dich morgen um zehn Uhr im Präsidium, Kim.« Sie gibt ihrem Kollegen ein Zeichen und verschwindet mit ihm in der Klinik.

Die hat sie doch nicht mehr alle! Ich werd da nicht hingehen, selbst wenn sie mich mit Blaulicht abholen kommt. Außerdem ... braucht man für so was nicht einen richterlichen Wisch? Hexe!

Ich hab keine Ahnung, was ich jetzt machen soll. Es ist schon nach fünf, Emma arbeitet. Hoffentlich ist zu Hause keiner, dann kann ich noch 'ne Runde schwimmen. Ich muss an Sam denken. Ob sie noch mal rüberkommt?

Auf dem Weg vom Gartentor zur Haustür stolpere ich fast über Mamas Gartengeräte. Natürlich kratzt sie auch bei dieser Hitze jedes noch so kleine Fitzelchen Unkraut aus den Fugen, mich wundert nur, dass sie Eimer, Handschuhe und alles andere liegengelassen hat. Sieht ihr überhaupt nicht ähnlich. Ist was passiert?

Gerade als ich den Schlüssel ins Schloss stecken will, reißt sie von innen die Tür auf. Ihr Gesicht ist kalkweiß, und ihre Hände zittern, als sie mich ins Haus zieht. »Du hast Besuch, und ich möchte, dass er hier sofort verschwindet!« Ihre Augen flackern nervös. Neugierig gehe ich den Flur entlang und überlege angestrengt, wer auf mich warten könnte. Selbst das Auftauchen der Bullen vorgestern hat meine Mutter nicht so aus dem Konzept gebracht.

»Kein Problem, oder, Kim? Wir müssen eh los.« Ich höre seine Stimme, bevor ich ihn sehen kann, und mein Gesicht fängt an zu glühen. Ben! Uns trennt nur noch eine Wand, und ich bleibe kurz stehen, um mich locker zu machen. Ich hab keine Ahnung, warum er hier ist, verstehe auch nicht, wo wir hinmüssen. Und ich seh bestimmt scheiße aus, nach dem, was war.

Egal, ich atme tief durch, gehe weiter und schaue im Wohnzimmer direkt in Bens grinsendes Gesicht. Verschwörerisch legt er einen Finger auf die Lippen und zwinkert mir zu. »Wie immer zu spät, Süße!«

Zu spät? Süße? Mir fehlt irgendwie mein Text. Bens unauffälliges Nicken in Mamas Richtung, ihr völlig entsetztes Gesicht – so langsam kapier ich, was er hier spielt. Und mache mit. »Echt? Dabei hab ich mich so beeilt!«

Meine Mundwinkel zucken, als ich Bens amüsierten Blick sehe, und ich beiße mir in die Wangen, um mich nicht zu verraten. Tut grad gut hier, mit ihm.

Er hat sich erstaunlich gut im Griff, steht lässig vom Sofa auf und nimmt mich wie selbstverständlich in den Arm. Soll ich ihm sagen, dass ich an akuten Herzrhythmusstörungen leide? So fühlt sich zumindest an, was mein Herz da veranstaltet, als Bens blitzende Augen sich mir nähern und sein Mund langsam, aber zielsicher meine Lippen ansteuert. Ein kleiner, unauffälliger Tritt auf seinen Fuß bringt ihn zur Besinnung.

»Wir können los.« Ich schenke ihm mein schönstes Augenklimpern und gehe wortlos an meiner Mutter vorbei. Ben aber streckt ihr höflich die Hand entgegen, und meine Mutter ergreift sie tatsächlich. Ein bisschen mechanisch allerdings – Mama ferngesteuert –, und Ben zieht sie leicht zu sich ran. »War nett, Sie kennengelernt zu haben.« Dann verschwindet sein höfliches Lächeln plötzlich, und seine Stimme wird schneidend. »Sollte das hier Kim irgendwelche Probleme machen, komme ich wieder. Und mach dann richtig Stress!«

Wow – ich hätte ihn vorhin doch küssen sollen!

Wir gehen, und meine Mutter schließt hinter uns die Tür.

»Sorry …« An der Straße bleibt Ben stehen und dreht sich zu mir um. »Das Ganze war nicht geplant. Aber …« Er fängt an zu lachen, und ich kann nicht anders, als mitzumachen.

»Du hättest ihr Gesicht sehen müssen, als ich grade klingeln wollte und sie mich am Zaun gesehen hat. Das war echt unglaublich! Die wär am liebsten ins Haus geflüchtet.«

Ich schaue zurück und sehe die Küchengardine wackeln. »Ein Wunder, dass sie dich überhaupt reingelassen hat.« Langsam drehe ich mich wieder zu Ben, ich will das jetzt wissen und versuche, locker zu klingen. »Sag mal, wolltest du mich vorhin echt küssen?«

Ben zieht provozierend eine Augenbraue hoch. »Irgendwas hat mir gesagt, dass das nicht der richtige Zeitpunkt war.« Er schaut lange auf meinen Mund,

110

lässt dann seinen Blick langsam über mein Gesicht gleiten und wird plötzlich ernst, als er in meine Augen sieht. »Meinst du, du kriegst Probleme? Ich meine, weil ich bei euch aufgetaucht bin?«

»Nö. Meine Mutter wird sich hüten, meinem Superdaddy davon zu erzählen.« Bens blaue Augen machen mich schwindelig. Ich schaue auf den Boden und denke an den letzten Satz, den er meiner Mutter hingeknallt hat. »Danke.«

»Um danke zu sagen, bin *ich* eigentlich hier. Hast du Zeit?«

Ich nicke und gehe hinter Ben die Straße runter.

Ben in meiner Welt – krass! Hier in die spießige Umgebung passt er überhaupt nicht rein – so wenig wie ich.

Jasper schon …

»Ich park da drüben.« Bens Stimme holt mich aus den Gedanken. Sein Pick-up steht in der nächsten Seitenstraße. Ben öffnet mir die Tür und räumt einen braunen Umschlag und eine leere Coladose beiseite, damit ich einsteigen kann.

Was für ein chaotischer Tag.

»Hab gehört, dass es unten am Fluss ein neues spanisches Restaurant geben soll. Das *Al ponte*. Kennst du das?«

»Ja … äh … nein. Also, ich weiß, wo das ist … war aber noch nie drin.« Mein Stottern ist super peinlich.

111

»Wir könnten zusammen essen und reden. Ein Kumpel hat mir erzählt, dass der Besitzer vom *Al Ponte* eigentlich Italiener ist, aber wohl die beste Paella macht.« Ben fängt an zu erzählen und konzentriert sich dabei auf den Straßenverkehr, und ich nutze die Gelegenheit, ihn anzusehen. Er trägt Jeans und ein dunkelgraues Shirt. Zwei der vier Knöpfe am Hals sind offen, die Ärmel bis zu den Ellenbogen aufgerollt. Ich mag das, was ich sehe: braune Haut, goldene Haare, ausgeprägte Muskeln, die meisten davon leider unter dem Shirt versteckt. *Du solltest die Zeit mit ihm nutzen.* Hat Jasper doch gesagt!

Hat er wie immer recht und ich sollte echt mal testen, wie es mit Ben wäre?

Was der wohl sagen würde, wenn ich ihm jetzt einfach meine Hand aufs Bein legen würde? Ich könnte mich zu ihm rüberbeugen, mich an seine Schulter lehnen …

»Hörst du mir überhaupt zu?«

Scheiße, erwischt! Ich schaue schnell nach vorne, werde bestimmt knallrot. »Moment, *du* wolltest reden. Ich hab nicht gesagt, dass ich zuhöre!«

Bens Kopf sackt nach vorne, bevor er mich müde lächelnd anschaut. »Können wir das heute mal lassen?«

»Was?«

»Die Spielchen zwischen uns.«

»Okay.« Ich drehe mich zu ihm, lehn mich mit dem

Rücken ans Fenster und schaue ihn herausfordernd an. »Ich hab heut eh Lust auf was anderes!«

Bens Augen weiten sich. Doch er fängt sich schnell wieder. Er nickt zufrieden, biegt ab und sucht auf dem Parkplatz vor dem Restaurant nach einer Lücke. »Klingt gut«, meint er ernst, aber seine Grübchen verraten ihn. »Ich würd nur vorher gern noch was essen.«

Obwohl es noch recht früh am Abend ist, sind die Tische draußen fast alle besetzt.

»Kennst du hier irgendwen?«, fragt Ben und checkt mit mir die Tische ab.

»Nö.«

»Gut!«

Weiter hinten wird gerade ein kleiner Tisch frei. Wir setzen uns und greifen zu den Speisekarten, die uns der Kellner hinlegt, aber ich sehe nicht wirklich rein. Über den Rand hinweg linse ich immer wieder zu Ben rüber. Ich mag seinen konzentrierten Blick beim Lesen, auch die Art, wie er grade die Stirn kräuselt und nachdenklich den Kopf schief legt. Ich mag seinen Mund. Seine Lippen sind im Vergleich zum restlichen Ben eigentlich zu schmal, vor allem die obere. Dafür aber so geschwungen, als ob er immer leicht lächeln würde. Wie es sich wohl anfühlt, ihn zu küssen?

Seine Mundwinkel bewegen sich plötzlich nach oben, ich sehe seine Grübchen – Ben grinst, und in

113

seinen Augen sehe ich einen triumphierenden Glanz. Da kein Loch da ist, in das ich mich verkriechen kann, verstecke ich mich schnell hinter meiner Karte.

Ben legt seine auf den Tisch: »Also, ich weiß, was ich will. Und du?«

Den provozierenden Unterton ignoriere ich völlig und blättere noch ein wenig weiter durch die Seiten. »Sorry, aber ich bin echt wählerisch!«

»Verstehe.« Ben lehnt sich zurück und wartet ab.

»Tapas?«, schlag ich vor. Viel krieg ich jetzt eh nicht runter.

Wir einigen uns erstaunlich schnell auf fünf verschiedene Sachen, und ich lasse Ben bestellen. Er spricht spanisch, und es klingt echt sexy. Mir wird schon wieder heiß, und ich schaue nach unten. Dabei fällt mein Blick auf den braunen Umschlag. Ben muss ihn mitgenommen haben, er liegt auf dem freien Stuhl an der Seite. Leider steht nichts drauf.

Als der Kellner weg ist, rückt Ben seinen Stuhl näher an den Tisch. Er stützt seine Ellenbogen auf und schaut mich lange still an. »Ich weiß zwar nicht, wieso du das gemacht hast, aber: danke! Die Bullen hatten mich ganz schön dran.«

Jetzt würd ich gern irgendeinen Spruch raushauen. *Brauchte selbst ein Alibi* oder so ähnlich, aber es soll ja heute anders laufen. Also stütze ich ebenfalls meine Ellenbogen auf den Tisch und lächle ihn an. Die Tische

114

sind klein und unsere Gesichter so nah, dass ich ganz winzige, grüne Sprenkel in seinen Augen sehen kann.

»Du sagst nichts?«

»Gern geschehen!«

»Verrätst du mir auch, wieso du das getan hast?« Ben zieht sich nicht zurück, ich hab das Gefühl, dass er noch näher kommt. Wenn ich mich ein Stück vorbeugen würde …

»Der Wein?« Der Kellner schaut uns fragend an, und Ben muss sich räuspern.

Ich lehne mich zurück, mache dem Glas Platz und atme durch. Ein Thema muss her, irgendwas, und ich frage einfach: »Was ist da eigentlich bei euch auf dem Hof los?«

»Nichts.« Auch Ben lehnt sich zurück. »Mein Vater wirtschaftet ihn vollkommen runter, und der Rest der Familie schaut nur zu. Er will jetzt Land verkaufen. Totaler Schwachsinn. Aber es geht mich nichts mehr an. Ich bin da raus. Das war auch der Grund, warum ich überhaupt hier bin. Ich wurde sozusagen offiziell enterbt.« Ben greift nach seinem Wein und prostet mir zu. »Dafür hab ich dich getroffen. Salut!«

»Super Entschädigung!« Auch ich greife zu meinem Glas und hoffe, dass ich mich nicht verschlucke.

»Verrätst du mir, was genau das mit dir und Jasper ist?«

Ich verschlucke mich doch.

115

»Falsches Thema?«, fragt Ben ungewohnt vorsichtig.

»Wir sind seit zwei Jahren zusammen.«

Ben schweigt. Seine Augen verraten mir nichts.

»Aber auf der Party haben wir uns gestritten und …« Soll ich jetzt echt sagen: *Schluss gemacht*? Hört sich so kindisch an, aber wie sagt man das anders?

»Schluss gemacht?«

Ich nicke.

»Okay! Das heißt, die Kim, die ich an dem Abend kennengelernt habe und mit der ich …« Bens Augen glühen. »Mit der ich … mich so *nett* bei uns da draußen *unterhalten* habe, war doch echt?«

Unsere ersten Tapas kommen schon – zum Glück. Ben aber wirkt eher genervt, trommelt mit den Fingern auf der Tischkante rum und wartet, dass der Kellner wieder verschwindet. »Verrätst du mir, wieso du dir gerade Jasper ausgesucht hast? Ich finde, ihr passt überhaupt nicht zusammen!«

»Wär Hannes besser?«

Ben kneift die Augen zusammen und verzieht das Gesicht. »Nein, der wär nicht besser. Aber der steht eh auf Blonde. Hast du gesehen, wie der auf der Party die mit den Dreadlocks angegraben hat?« Er meint Emma. Ich wechsle das Thema. »Wo wir grad von der Party reden: Wieso hast *du* eigentlich den Bullen nicht gesagt, dass wir zusammen draußen waren?«

Ich halte die Luft an und nehme mir möglichst lässig noch ein paar von den Champignons. Aber Ben antwortet nicht, seine Gabel schwebt in der Luft, sein Mund steht leicht offen, und er schaut mich erstaunt an. »Das fragst du mich nicht wirklich, oder?«

»Doch.« Hab ich das jetzt gesagt oder nur gedacht? Ich weiß es nicht und nicke sicherheitshalber noch mal. Ich will es jetzt wissen: Hat er 'ne Freundin, ja oder nein?

Ben legt langsam sein Besteck aus den Händen, reibt sich nachdenklich über die Stirn und schaut mich dann endlos lange schweigend an. Der Champignon in meinem Mund wird zäh, ich kann nicht schlucken.

»Kriech ich nicht schon genug vor dir am Boden rum?« Bens Blick ist warm, bittend, und ich bin sprachlos.

»Ich mag dich, Kim! Ich hatte echt keine Lust auf diese blöde Abiparty von Hannes. Aber im Haus war das Bier alle, also bin ich in die Scheune. Und dann standst du da plötzlich vor mir.« Ich würde jetzt gern nach meinem Glas greifen, einen großen Schluck trinken, aber ich zitter so stark, dass ich sicher alles verschütten würde: Ben mag mich!

»Am nächsten Morgen hat mir Hannes dann erzählt, dass du und Jasper… also, dass ihr zusammen seid.« Ben schiebt seinen Teller weg und stützt die Arme auf. »Ich hab mich von dir komplett verarscht gefühlt und

117

hab echt gedacht, du kannst mich mal. Aber als du dann bei uns aufgetaucht bist …« Ben senkt den Kopf, reibt sich über den Nacken, bevor er mir unter seinem verwuschelten Pony hindurch ein ungewohnt schüchternes Lächeln schenkt. »Hat nicht so geklappt!«

»Bei mir auch nicht.« Ich nuschel das so vor mich hin, aber Ben hat es gehört. Ganz leicht spüre ich seinen Finger, der sich in meinen hakt und meine Hand zu sich rüberzieht.

»Ich wollte nicht, dass du Stress mit Jasper kriegst, deswegen hab ich nichts gesagt. Aber wenn ich ehrlich bin … Ich wollte vor allem, dass du dich bei mir bedankst. Und ich hab mir gewünscht, dass genau das hier passiert.« Er schaut auf unsere Hände, und ich habe das Gefühl, als würde ich mich auflösen. Ich halte mich an seiner Hand fest, muss ihn spüren, um sicher zu sein, dass der Moment echt ist. Er hat sich das gewünscht? Was soll *ich* da erst sagen? Wie oft hab ich mir diese Situation herbeigeträumt? Ich hätte alles dafür gegeben! Jetzt ist sie da, und – es ist zu spät!

»Können wir bitte gehen?« Mehr bringe ich nicht raus, stehe einfach auf, die Tränen laufen lautlos über mein Gesicht. Ben erschrickt, das sehe ich. Er schnappt sich eine Serviette und kommt sofort zu mir rüber.

»Wir müssen los«, erklärt er dem etwas verwunderten Kellner, drückt ihm Geld in die Hand und geht mit mir zum Auto.

»Möchtest du nach Hause, oder sollen wir noch ein paar Schritte gehen?«

Ich sage nichts, gehe einfach vor Richtung Fluss und setze mich dort auf eine Bank. Ben kommt zu mir, und eine Zeitlang starren wir still aufs Wasser.

Was in Ben vorgeht, weiß ich nicht. In meinem Kopf herrscht Chaos, ich suche nach Worten, die alles erklären können. »Dass es bei mir Zuhause nicht so gut läuft, hast du ja schon mitbekommen.«

Ben nickt.

»Ich hab mich da ganz oft weggeträumt. Hab mehr in meiner Phantasiewelt gelebt als sonst irgendwo. Und in der gab es dich. Ich hab mir immer vorgestellt, dass du mich da mal rausholst.«

Ben zieht scharf die Luft ein. »Das ist ... Mann, Kim! Ich hab dich damals einfach nicht so wahrgenommen.« Frustriert schüttelt er den Kopf und legt vorsichtig seinen Arm um mich. »Das ist jetzt anders.«

Ich lehne meinen Kopf nach hinten an seinen Arm. Ich will weitererzählen. Jetzt, wo ich angefangen habe, ist es plötzlich ganz leicht.

»Als du dann weggegangen bist, ist für mich meine ganze Traumwelt zusammengebrochen. Und um mich herum war nur noch Scheiße. Mein Vater hat uns alle terrorisiert, Mama hat gekuscht, und ich ... Ich hab total dichtgemacht. Hab alles nur noch gehasst und bin ziemlich abgerutscht. Falsche Freunde, Drogen, das ganze Programm. Mich hat wirklich nichts mehr interessiert. Die Einzige, die ich noch an mich rangelassen habe, war Emma.«

»Hat sie dir helfen können?«

»Emma?« Ich muss laut lachen. »Die war ja noch krasser drauf als ich. Nein, es war Jasper, der mich da rausgeholt hat.«

Bens Hand hört auf, meine zu streicheln, und ich spüre, wie sein Körper sich anspannt. »Ich verstehe.« Er setzt sich auf, und sein Arm, meine Lehne, verschwindet.

»Er hat echt lange gebraucht, um mich zu kriegen. Ich wollte keine Beziehung und hab nicht kapiert, dass er das nicht kapiert. Aber er hat nicht aufgegeben.«

»Kann ich nachvollziehen!« Ben sitzt ganz vorn auf der Bank, hat den Kopf zwischen den Händen vergraben und starrt auf den Boden. Ich setze mich auch nach vorn, stütze mich auf den Knien ab und schaue zu Ben rüber. Als sich unsere Blicke treffen, lächeln wir uns traurig an. Ben weiß, was kommt, das sagen mir seine Augen.

»Ich kann ihn jetzt nicht im Stich lassen. Selbst wenn ich es wollte.«

Wir lächeln beide nicht mehr, können aber nicht aufhören, uns anzuschauen.

»Okay!« Ben atmet durch und steht auf. »Danke, dass du mir das alles erzählt hast.« Er zieht mich hoch, lässt meine Hand danach aber sofort wieder los. »Und wer rettet jetzt mich?« Seine Worte tun mir weh, auch wenn er dabei lacht.

Als er sich noch mal zur Bank beugt, sehe ich, dass es wieder der braune Umschlag ist, den er da aufhebt. »Was ist da eigentlich drin?«

Ben schaut mich an und dreht den Umschlag unschlüssig in den Händen. »Ist jetzt wahrscheinlich nicht mehr aktuell. Aber …« Er gibt ihn mir und erklärt: »Du hattest mir doch erzählt, dass du ein FSJ machen willst. Und die Stiftung, für die ich in Brasilien arbeite, bietet so was an. Ich dachte …« Er schüttelt den Kopf und steckt seine Hände in die Hosentasche. »Kannst ihn ja wegschmeißen.«

Im Auto sagt keiner mehr was, ich glaube, ich war in meinem Leben noch nie so durcheinander.

»Duck dich mal schnell!« Bens Hand drückt meinen Kopf runter, und ich bin viel zu überrascht, um mich dagegen zu wehren.

»Was soll das?«, frage ich ihn von unten, aber der Druck seiner Hand lässt nicht nach.

»Da sind welche aus deiner Stufe. Die sollten dich lieber nicht mit mir sehen.« Bens Hand verschwindet, ich bleib freiwillig unten. »Wer denn?«

»Keine Ahnung. Ich kenne nur das Proleten-Auto da vorne.«

Neugierig linse ich über das Armaturenbrett und sehe auf der anderen Seite der Kreuzung einen aufgemotzten weißen Opel an der Ampel stehen. »Das ist Marek.«

Mit aufheulendem Motor fährt er an uns vorbei, und ich tauche wieder auf.

»Idiot!« Ben schüttelt den Kopf und schaut ihm genervt hinterher. »Der hat bei uns auf dem Hof schon so bescheuert geparkt.«

Irgendwas an Bens Worten stört mich, aber ich brauche eine ganze Weile, bis es durchsickert. »Stopp!«, sage ich, und als Ben nicht reagiert, schreie ich ihn richtig an. »Jetzt halt doch mal an!«

»Was ist denn los?« Ben nimmt die nächste Parklücke, schaltet den Motor aus und schaut irritiert zu mir rüber. »Alles okay mit dir?«

Mein Atem geht schnell, und meine Gedanken rasen. Tim und Marek waren doch schon weg, als Ben auf die Party kam. Oder doch nicht? »Wann genau hast du das Auto bei euch gesehen?«

»Als wir spazieren gegangen sind, ist es mir aufgefallen. Das Auto stand so blöd, dass es alle anderen blockiert hat. Ich versteh aber immer noch nicht, auf was du hinauswillst.«

»Es gab Ärger mit denen. Auf der Party. Aber ich

hab gedacht, dass die dann gleich verschwunden sind. Wenn du aber das Auto gesehen hast, müssen sie ja noch da gewesen sein.« Ich hole Luft und starre eindringlich zu Ben rüber. Kapiert er endlich, was ich meine?

Ben denkt laut. »Okay, ich verstehe. Und das ist wichtig, weil du glaubst, dass sie vielleicht was mit dem Brand zu tun haben?«

»Stand das Auto denn noch da, als wir wieder zurückkamen?« Ich kann mich an nichts mehr erinnern, außer an Bens Hand in meiner.

»Möglich.« Ben fährt sich durch die Haare und lächelt dann entschuldigend zu mir rüber. »Ich war zu dem Zeitpunkt mit meinen Gedanken irgendwie woanders!«

Ich kneif die Augen zusammen, die Bilder müssen weg. Nicht jetzt! Ich muss nachdenken. Emma! Die war mit dem Auto da und ist auch nachts damit heimgefahren. Wenn Marek so blöd geparkt hat, könnte ihr das aufgefallen sein. Ich muss sie … Scheiße, mein Handy! Ich hab es im Flur liegenlassen.

»Gibst du mir mal dein Handy?«

Ben zieht es aus der Hosentasche und reicht es mir rüber. »Wen willst du anrufen?«

»Emma.«

Ihre Handynummer weiß ich nicht auswendig, aber das Café hat schon seit Jahren die gleiche Nummer.

123

Ich halt mir ein Ohr zu und warte auf das Freizeichen.

»Emma?« Ich weiß, dass ich fast ins Handy schreie.

»Kim?« Emma klingt erstaunt. »Was ist denn das für 'ne Nummer?«

»Ist egal. Ich hab nur eine kurze Frage: Als du von der Party weg bist, stand Mareks Auto da irgendwie im Weg?«

Emma überlegt, für mich viel zu lange. »Emma?«

»Mann!«, kommt es etwas genervt zurück. »Jetzt wart doch mal!«

Was kann daran so schwer sein? Ich kapier es nicht und werde deutlicher. »Es stand wohl ziemlich blöd. Hast du was gesehen, als du weggefahren bist?«

»Nee, mir ist nichts aufgefallen. Wieso?«

»Erklär ich dir später. Tschau!« Ich schüttle den Kopf und gebe Ben enttäuscht sein Handy zurück. »Sie hat nichts gesehen.«

»Wenn du wirklich glaubst, dass die beiden was mit der Sache zu tun haben, musst du das der Polizei sagen.«

»Hab eh morgen ein Date mit denen.« Mir wird klar, dass ich doch hingehen werde.

»Wieso?«

»Heitmeier hat mich offiziell eingeladen. Ich hab sie im Krankenhaus fast über den Haufen gerannt.«

»Weißt du, was die von dir will?«

»Nö.« Wird Heitmeier das mit Marek und Tim noch mal überprüfen? Ich hab ihr ja selbst gesagt, dass ich denen das eigentlich gar nicht zutraue. Schön blöd! Vor allem nach dem, was ich gestern da mitgekriegt habe. Besser wäre es, wenn ich Heitmeier direkt was liefern könnte, wenn ich irgendwas gegen die zwei in der Hand hätte. Ich müsste selbst mit den beiden reden. Vielleicht …

»Kim?« Bens Stimme holt mich zurück, und er scheint meine Gedanken lesen zu können. »Was hast du vor?«

»Kannst du bitte umdrehen? Ich weiß, wo Marek wohnt. Ungefähr wenigstens.«

»Du willst da hin?«

»Ich will nur mal mit ihm reden.«

Ben startet den Motor, zögert aber noch loszufahren. »Wenn ich da jetzt nicht hinfahre, machst du das später alleine, oder?«

Wieso kennt er mich so gut? »Marek wohnt hinten am Fußballplatz. In den Hochhäusern.«

»Das ist ja super genau!« Ben fährt los, scheint aber von meiner Idee immer noch nicht begeistert zu sein. »Ich weiß nicht, was du vorhast. Aber ich lass dich nicht allein mit dem reden, okay?«

»Schon klar.«

Ben stutzt und wirft mir einen irritierten Blick zu. »Das heißt aber auch, er sieht uns zusammen.«

125

»Das ist jetzt egal.« Es geht um Jasper!

Als wir beim Fußballplatz ankommen, dirigiere ich Ben durch die Siedlung und klebe fast an der Scheibe, um Mareks Auto zu finden. Kann natürlich auch gut sein, dass er gar nicht auf dem Heimweg war.

Ben entdeckt es zuerst, es parkt auf seiner Seite, direkt vor Hausnummer 53a.

»Klingeln wir jetzt alle Wohnungen durch?« Ben steht neben mir vor der Eingangstür und schaut genervt auf die vielen Namensschilder.

»Den Nachnamen weiß ich schon, du Held.« Zielsicher drücke ich auf die Klingel und halte gespannt den Atem an. Macht jemand auf?

»Wer ist da?« Eine Frauenstimme schnarrt durch den Lautsprecher, ich will was sagen, aber Ben hält mich zurück.

»Ist Marek da?«

Der Summer geht, und wir schauen uns erstaunt an.

Im vierten Stock steht die Tür offen, und Marek macht große Augen, als er uns kommen sieht.

»Was willst du denn hier?«, pampt er mich an, aber die Unsicherheit in seiner Stimme ist nicht zu überhören. Wieder spüre ich Bens Hand, die mich leicht nach hinten drückt. Ich mag so was nicht, aber mir ist das hier zu wichtig, um das jetzt mit ihm auszudiskutieren.

126

»Ihr habt Ärger gemacht auf der Party, oder?« Ben geht einen Schritt nach vorn, und Marek weicht in die Wohnung zurück. Seine Augen flackern dabei immer wieder unruhig von mir zu Ben.

»Wer will das wissen?«

Ben geht weiter auf ihn zu, baut sich vor ihm auf und hält die Tür vorsichtshalber mit einer Hand offen. »Hör mal zu, Kleiner! Ich hab dich was gefragt. Und entweder antwortest du, oder ...« Er lässt den Satz offen, aber die Botschaft ist unmissverständlich, auch für Marek.

»Das war nichts Großes! Wir waren einfach tierisch angepisst von euch allen und haben ein bisschen rumgestresst. Das war's, okay? Frag Jasper, Kim: Der war ja einer von dem Rausschmeiß-Kommando!«

»Jasper hat tierisch was abgekriegt, du Penner!« Jetzt kann ich mich nicht mehr zurückhalten. »Und wenn ich rausfinde, dass du was damit zu tun hast ...«

»Ey, reg dich ab!«

So schnell kann Marek gar nicht reagieren, wie Ben ihn am Kragen hat und zu sich zieht. Beide Gesichter sind nur noch Millimeter voneinander entfernt.

»Reiß dich zusammen, Marek!«, zischt Ben ihn an und stößt ihn dann mit solcher Wucht von sich weg, dass Marek gegen die Wand taumelt. »Du und dein Kumpel, ihr sitzt ganz schön tief in der Scheiße. Wenn wir gleich zu den Bullen fahren und ihnen sagen, dass euer Auto noch da war, als das Feuer losging, kannst du schon mal deine Sachen packen.«

Mein Platz weiter hinten ist doch nicht so übel, ich stehe am Treppengeländer und halte mich fest. Was Ben hier abzieht – schon krass! Marek hat keine Chance, er kauert an der Wand und knickt ein. »Wir waren noch da, das stimmt. Wir haben hinter so 'nem Schuppen eine kleine Privatfeier gemacht. Bei euch …«, er schaut mich finster an, »waren wir ja nicht mehr erwünscht! Mit dem Feuer haben wir aber nichts zu tun. Das lass ich mir von euch nicht anhängen. Könnt ihr auch gleich den Bullen sagen.« Marck nutzt Bens Blick zu mir und knallt uns die Tür vor der Nase zu.

»Was meinst du?«, fragt mich Ben, unschlüssig im Flur stehend. »Reicht dir das?«

»Respekt, Kleiner!« Ich lege mir kurz die Hand aufs Herz und halte Ben dann meinen Daumen hoch, bevor ich mich umdrehe und möglichst schnell die Treppe runterlaufe. Seinen verdutzten Blick krieg ich aber noch mit.

Unten auf der Straße holt er auf, geht ein paar Schritte neben mir her und schaut mich schräg von der Seite an. Und obwohl ich es geahnt habe, bin ich chancenlos. Es geht zu schnell. Er greift zu, dreht mich einmal um mich selbst, und ich lande gefangen in seinen Armen. Ich spüre seinen festen Körper im Rü-

cken, seinen Atem in meinem Nacken, seinen Herzschlag.

»Pass gut auf, Kleine!«, flüstert Ben, und seine Lippen streifen dabei ganz sacht mein Ohr. »Das nächste
Mal, wenn ich für dich Kopf und Kragen riskiere, erwarte ich einen innigeren Dank. Ist das klar?« Meine
ganze Seite kribbelt, vom Ohr bis zu den Fußspitzen.
Ben wartet auf meine Antwort, lässt noch nicht los,
und wir beide atmen schwer.

»Alles klar.« Ich versuche zu lachen und winde
mich aus seinen Armen. Wir müssen damit aufhören!

Auf dem Weg zum Auto bemühe ich mich, wieder
ein normales Gespräch in Gang zu kriegen.

»Was meinst du zu Marek?«

Ben zuckt mit den Schultern und schließt den
Pick-up auf. »Schwer zu sagen … Aber dass sie noch
da waren, interessiert die Polizei sicher.«

Ben bringt mich nach Hause, und die Fahrt über sind
wir beide sehr still. Ich würde jetzt gern einfach so
weiterfahren mit ihm. Egal wohin, nur nie ankommen.

»Da wären wir.« Bens Worte holen mich zurück,
doch ich rühre mich nicht. Vielleicht werde ich nie
wieder in diesem Auto sitzen, womöglich nie wieder
mit ihm zusammen sein.

»Ich flieg wahrscheinlich am Wochenende zurück.«

Ben hört auf, mit den Schlüsseln zu spielen, und dreht sich zu mir. »Sehen wir uns noch mal?«

»Besser nicht, oder?« Ich greife nach seiner Hand und zieh ihn zu mir rüber. »Danke, Ben!« Ich sehe in seine Augen, dann auf seine Lippen. Ben wartet. Ich wollte ihn nur umarmen, mehr nicht, aber ich hab jetzt nichts mehr unter Kontrolle. Meine Hände umfassen sein Gesicht, ich schließe die Augen und …

»Wenn du das jetzt machst, Kim, und dann gehst, bringst du mich um!« Seine Stimme ist rau, ich spüre seinen Atem auf meiner Wange und lehne meinen Kopf an seine Stirn. Wir sitzen lange so eng beieinander, Bens Hände streicheln immer wieder über meinen Nacken, und ich finde den Absprung nicht.

»Melde dich, wenn du mich brauchst, okay?« Ben löst sich als Erster, richtet sich auf und atmet tief durch. Ich sehe, dass seine Hände zittern, als er zum Lenkrad greift.

»Sag mal, war das Ben? Ben Jeschke?«

Ich nicke. Der blaue Pick-up biegt gerade um die Ecke. Hatte mir vorgenommen, wenigstens so lange mit den Tränen zu warten. Sam steht vor mir, ihr Fahrrad neben sich, und schaut mich erstaunt an. »Kannst du mir mal verraten, wie du das machst?«

»Was?«

»Du bist immer so was von … Na ja, also freundlich jedenfalls nicht. Und trotzdem schaffst du es, dir die zwei geilsten Typen aus diesem Kaff zu angeln. Schmeißt du denen heimlich was ein, oder was?«

Ich nicke. »Aber nicht verraten, okay?« Ich bin noch nicht ganz wieder da, bin noch mindestens zur Hälfte bei Ben im Auto.

Sam merkt das nicht. »Ich könnt dir jetzt locker zehn Freundinnen aufzählen, die dir auf der Stelle die Augen auskratzen würden. Ey, Ben Jeschke! Ich pack's nicht. Seit wann ist der denn wieder da?«

»Seit ein paar Tagen.«

»Und was hast du mit dem zu tun?«

»Nichts. Du kannst ihn gerne haben.« Komplett gelogen!

»Lass mal.« Sam lacht hell auf. »Aber den anderen würd ich nehmen.«

»Jasper?«

Sam nickt vielsagend, und ich werde sauer. »Der ist nicht frei.«

»Schade!« Sam greift zum Lenker, aber ich will nicht, dass sie schon geht. Keine Ahnung, was bei uns zu Hause los ist.

»Kommst du gerade, oder gehst du?«

»War bei 'ner Freundin.« Sam legt den Kopf schief und mustert mich neugierig. »Willst du wissen, ob ich noch Zeit hab?«

»Könnte sein.«

»Dann komm!«

»Moment.« Ich muss den braunen Umschlag noch loswerden, will ihn nicht mit rübernehmen und schmeiß ihn schnell bei uns in den Briefkasten. Heute Abend schaut eh keiner mehr rein.

Bei Martens war ich lange nicht mehr, und es ist ein komisches Gefühl, wieder hier zu sein. »Sarah? Hab vorhin die Bestätigung von der Farm bekommen. Ihr könnt da arbeiten!« Eva, Sams Mama, guckt um die Ecke, und ihr Lächeln wird breiter, als sie mich neben Sam stehen sieht. »Mensch, Kim!« Sie kommt auf mich zu und nimmt mich wie selbstverständlich in den Arm. »Hab schon gehört, dass ihr zwei wieder Kontakt habt. Wie schön! Wirklich!«

Kontakt? Finde ich irgendwie zu viel für das, was ist.

»Haben sie echt zugesagt?«, will Sam wissen, und ich kapier nichts.

»Ich habe die Bestätigung ausgedruckt. Ich zeige sie dir später. Wollt ihr hoch?«

Sam und ich schauen uns an, nicken und setzen uns oben auf Sams Balkon.

»Wo willst du denn arbeiten?«, frage ich neugierig.

»Ich flieg nächsten Monat mit 'ner Freundin weg. Für ein ganzes Jahr.« Sam lehnt sich auf ihrem Stuhl zurück und blickt verträumt in den Himmel. »Australien, Neuseeland, später Bali, Thailand … Mal sehen, was noch.«

»Hammer!« Ich bin echt baff. »Dachte, dass du gleich mit deiner Jurakarriere anfängst. Wolltest du nicht mit sechs schon in der Kanzlei anfangen?«

Sam lacht. »Das mach ich danach. Erst mal möchte ich raus hier!«

Ich auch! Und irgendwie gönne ich ihr diesen Trip überhaupt nicht. »Bezahlt Daddy?«

»Quatsch! Der zahlt nix. Ich hab die letzten zwei Jahre jeden Job gemacht, den ich kriegen konnte. Und das reicht … wenigstens für die ersten Monate. Den Rest verdienen wir uns dann vor Ort dazu. Geil, dass die eine Farm schon zugesagt hat.«

Sam auf 'ner Farm!

»Und was willst du machen?«

»Ich will studieren.« Will ich das? Ich denke an den braunen Umschlag.

»Echt?« Sam schüttelt nachdenklich den Kopf. »Verdreht, oder?«

Total verdreht!

Montag, 5. Juli

Kann dich nicht erreichen.
Ruf mal zurück! 22:01

Meld dich bitte, bin noch wach!
Es ist wichtig! 22:18

ICH weiß nicht, was ich anziehen soll. Weiß auch nicht, ob das überhaupt wichtig ist, wenn man verhört wird. Filmen die das?

Ich hab Schiss! Greife im Schrank nach meiner Lieblingsjeans, angle mir ein Top raus und ziehe mein kuscheligstes Langarmshirt drüber. Mir ist kalt, trotz der Hitze.

Mein Handy zeigt zwölf Anrufe in Abwesenheit an. Jasper! Blöd, dass ich es nicht mithatte. Obwohl – wär ich gestern Abend drangegangen?

Ich muss an Sam denken, als ich die Treppe runtergehe. Ich mochte den Abend mit ihr, auch wenn ich …

»Fuck!« Ich kneife die Augen zu und bete, dass das, was ich gesehen habe, nicht mehr da ist, wenn ich sie wieder aufmache. Der Umschlag!

Natürlich ist er noch da, liegt geöffnet auf dem Küchentisch, und mir wird heiß. Wie konnte ich nur so bescheuert sein und ihn im Briefkasten vergessen?

Schnell durchsuche ich sämtliche Papiere nach Hinweisen auf Ben. Wenn Mama und Papa wissen, dass die Unterlagen von ihm sind, drehen sie durch. Die Organisation wird immer wieder genannt, auf fast jeder Seite gibt es Fotos, aber zum Glück keins von Ben.

Ich setze mich kurz und schiebe die Unterlagen vorsichtig in den Umschlag zurück. Sie werden mich lö-

135

chern, das weiß ich. Sie werden das nicht wollen, auch das weiß ich. Aber was ich will, weiß ich nicht.

Das Polizeipräsidium liegt grau und drohend vor mir. Ich bin hier schon tausendmal vorbeigefahren, hab Leute rein- und rausgehen sehen. Jetzt kriech ich hier selbst die Eingangstreppe hoch. Mein Körper fühlt sich matschig an, hab ziemlich schlecht geschlafen und muss mich auf jeden meiner Schritte konzentrieren. Ich hätte mir das lange Shirt vielleicht doch besser sparen sollen, es klebt an mir wie 'ne zweite Haut.

Heitmeiers Büro liegt im vierten Stock, hat mir der Typ an der Anmeldung gesagt. Ich könnte den Aufzug nehmen, entscheide mich aber für die Stufen und zähle jede einzelne davon. Es sind 124. Heitmeiers Bürotür steht offen, sie sitzt am Schreibtisch über irgendwelchen Papieren, daneben steht Bad Cop, mit einer Kaffeetasse in der Hand.

»Guten Morgen.« Heitmeier bemerkt mich als Erste, legt ihre Arbeit zur Seite und kommt auf mich zu. »Schön, dass du da bist. Ralf?«, sie dreht sich zu ihrem Kollegen um. »Wir gehen rüber in die Drei.«

In Besprechungszimmer Nr. 3 sind die Wände weiß gestrichen, das Neonlicht strahlt kalt von der Decke – Eiszeit, und das mitten im Sommer. Wohnst du noch oder stirbst du schon, ich friere, obwohl ich noch nicht mal richtig drin bin. Ist sicher Absicht. Hier ist nichts, was den Raum angenehmer aussehen lassen würde: keine Bilder, keine Pflanzen, fast keine Möbelstücke. Auf dem Tisch in der Mitte stehen eine Thermoskanne, eine Wasserflasche, zwei Tassen und zwei Gläser. Man hat mich erwartet, fehlt nur noch das Platzkärtchen. Ich gehe an den Wänden entlang und mustere sie aufmerksam. Werden wir belauscht?

»Hier ist kein falsches Fenster. Wir sind allein.« Heitmeier schließt die Tür, setzt sich, und ich nehme den Stuhl ihr gegenüber. Er ist unbequem.

Ich ziehe mir die Schuhe aus und hocke mich im Schneidersitz drauf, anders kann ich nicht sitzen.

»Möchtest du einen Kaffee?«

»Lieber einen Latte macchiato.«

Heitmeiers Blick bleibt lange an mir kleben, und ich krieg Schiss. Sie sagt nichts, lacht nicht, senkt einfach irgendwann den Kopf und sucht in ihren Unterlagen herum. Ich weiß nicht, wo ich hingucken soll, weiß nicht, wohin mit meinen Händen, sie sind eklig feucht.

»Ich hätte gerne eine Erklärung für das hier.« Es ist ein Foto, das sie aus der Mappe herauszieht und mir hinlegt. Die Aufnahme ist undeutlich, dunkel und ein wenig verschwommen, aber das, was man sehen soll, kommt trotzdem gut rüber. Mein Herz verknotet sich, und mir wird schlecht.

137

»Woher habt ihr das?« Ist das wirklich meine Stimme?

»Es wurde uns gestern zugeschickt. Ohne Absender.« Heitmeier schenkt zwei Tassen Kaffee ein und schiebt mir eine hinüber. Aber ich lehne ab, mein Magen würde Amok laufen.

»Kim, du hattest mir zwar gesagt, dass du an dem Abend mit Ben zusammen gewesen bist. Aber das hier sieht nach mehr aus, oder?«

Eigentlich ist auf dem Foto nicht viel zu sehen. Und doch hat der Fotograf ganz klar die Stimmung eingefangen. Da ist nichts zu leugnen. Ben und ich stehen zu nah zusammen, lächeln uns zu intensiv an, meine Hand liegt zu fest in seiner. Ich weiß genau, wann es aufgenommen worden ist. Und es hätte sicherlich noch mehr zu fotografieren gegeben, wenn das Feuer uns nicht gestört hätte …

»Hat Jasper das Foto gesehen?«, frage ich, und mir fällt auf, dass ich mich wie die Stimme von einem Navi im Auto anhöre: deutlich, langsam, emotionslos. *Drehen Sie wenn möglich um.* Aber wohin?

Heitmeier nickt. »Es tut mir leid, Kim. Aber wir mussten es ihm vorlegen. Ich weiß, dass dir das nicht gefällt. Und ich weiß auch, dass dir dieses Gespräch nicht gefallen wird. Aber darauf kann ich jetzt im Rahmen unserer Ermittlungen keine Rücksicht nehmen.«

»Hört sich total spannend an.«

»Was lief an dem Abend zwischen dir und Ben?«

»Das, was auf dem Foto zu sehen ist, war der Höhepunkt. Mehr war da nicht.«

»Hat Jasper das mitbekommen?«

»Weiß ich nicht. Aber dank dir weiß er es ja zumindest jetzt.«

Ich krieg einen kurzen, harten Blick von ihr ab, bevor sie mit ihrem Fragenkatalog weitermacht. »Jasper hat uns gestern gesagt, dass es einen Streit zwischen euch gegeben hat. Er selbst erinnert sich ja nicht daran, aber sowohl du als auch Emma sollen ihm davon erzählt haben. Ist das richtig?«

Emma? Wann hat die denn Jasper gesprochen?

»Wenn Jasper dir sagt, dass wir ihm davon erzählt haben, wird es wohl stimmen, oder?« Die kann mich mal. Und ich sie scheinbar auch, denn so wütend habe ich sie noch nicht erlebt.

»Mann, jetzt reiß dich doch mal zusammen! Glaubst du, ich mach das aus Spaß? Es geht um viel, um echt viel. Verstanden?« Er steht ihr, dieser Bullen-Blick, aber wenn ich ihr das jetzt sage, tickt sie wahrscheinlich völlig aus. Also nicke ich brav, und Heitmeier entspannt sich.

Professionell und ruhig fährt sie fort: »Kannst du mir bestätigen, dass es zwischen euch Streit gegeben hat?«

»Ja.«

»Und es stimmt auch, dass du die Beziehung zu Jasper an dem Abend beendet hast?«

In mir wird es eiskalt, und ich beiße die Zähne zusammen, um nicht laut zu schreien. *Emma!* Nur sie kann das verraten haben. Niemand anderem habe ich davon erzählt. Und Dichthalten war zwischen uns immer Ehrensache!

»Kannst du mir mal sagen, warum dich mein Liebesleben so stark interessiert?«

»Es geht nicht immer um dich, Kim. Und ich muss dich bitten, meine Frage zu beantworten. War an dem Abend Schluss?«

Worauf will sie hinaus? Wenn es ihr nicht um mich geht, dann geht es um … Jasper!

»Ihr Schweine!« Auf dem Stuhl hält mich jetzt nichts mehr. Ich springe auf und trete mit voller Wucht gegen den Tisch. »Mann, ich hab echt gedacht, du wärst anders!«

Heitmeier ist schnell, verdammt schnell bei mir und baut sich vor mir auf. Noch fasst sie mich nicht an, aber ihre Haltung hat sogar für mich etwas Bedrohliches. Ich setze mich nicht wieder hin, sondern lehne mich an die Wand hinter mir und starre in die Luft. »Ihr wollt ihm das echt anhängen?«

»Ich weiß, dass das hart für dich ist, Kim.« Heitmeier hat sich wieder hingesetzt und schaut mich bedauernd an. »Es spricht aber leider vieles gegen ihn.

Und er wäre nicht der Erste, der aus Frust oder Eifersucht durchdreht.«

»Du kennst ihn nicht.« Ich spucke ihr den Satz hin. Wie jämmerlich einfach die sich das machen! »Was habt ihr noch gegen ihn in der Hand außer diesem Mist?«

»Einiges. Aber du weißt …«

»Ich weiß, ich weiß! Du hast 'nen Maulkorb. Ermittelt ihr wenigstens auch noch woanders?«

Heitmeiers Blick signalisiert Neugier, und ich setze mich wieder an den Tisch. Mein Einsatz! »Tim und Marek, habt ihr die auch mal so nett eingeladen?«

»Wir haben mit ihnen gesprochen. Aber beide geben an, direkt nach dem Streit nach Hause gefahren zu sein.«

»Ach ja?« Ich lache laut auf, nur um nicht zu schreien. Bei denen machen sie die Augen zu, aber bei Jasper holen sie die Lupe raus, oder was? »Und das reicht euch?«

»Kim, wenn du was weißt, ich bin ganz Ohr.« Heitmeier greift nach einem Stift, fischt sich einen Zettel aus dem Stapel und schaut mich erwartungsvoll an.

»Sie waren beide noch da, als das Feuer losging.«

Sie wartet mit dem Schreiben. »Woher weißt du das?«

»Ben hat gestern das Auto von Marek in der Stadt gesehen, und ich habe mich gewundert, woher er es kennt.« Ich schlucke und habe plötzlich Zweifel, ob sie mir glaubt. Aber Heitmeier schreibt tatsächlich mit. »Und?«

Ich setze mich wieder, bin müde – leer. Aber das, was ich zu sagen habe, ist jetzt zu wichtig, um es zu vergeigen. »Er hat das Auto am Freitagabend noch sehr spät auf dem Hof gesehen.«

»Ist er sicher, dass es Mareks Auto war? Also, habt ihr das Nummernschild oder so?«

»Nein, aber das Auto ist so 'ne Zuhälterkarre, die gibt es hier nur einmal.«

»Okay.« Heitmeier legt den Stift weg und nickt mir zu. »Wir prüfen das.«

»Das haben wir schon gemacht.«

»Wie bitte?« Heitmeiers Blick ist eine Mischung aus Erstaunen und Empörung, aber ich reagiere darauf fast gar nicht mehr, bleib völlig ruhig. »Ben und ich sind gestern Abend bei Marek gewesen, und er hat uns gegenüber zugegeben, dass er mit Tim noch da war. Die haben da irgendwo auf dem Hof ihre eigene Party gefeiert.«

»Das ist für uns nicht zulässig. Also, diese Aussage euch gegenüber. Und ich meine es verdammt ernst, wenn ich dir jetzt sage, dass ihr euch da raushalten sollt.« Heitmeiers Blick wird plötzlich eng. »Warst du das auch am Sonntagabend bei Jeschkes auf dem Hof?«

»Was?«

»Frau Jeschke hat jemanden auf dem Hof rumschleichen sehen. Und wenn ich rauskriege, dass du da Detektiv spielst …«

»Spielen? Du glaubst immer noch, dass das ein Spiel für mich ist?«

»Was auch immer. Ich hoffe nur, du hast es kapiert!« Ihre Stimme wird lauter. »Halt dich da raus! Ihr könnt mehr kaputtmachen, als dass ihr irgendjemandem helft, verstanden? Lasst mich meine Arbeit machen!«

»Dann mach sie!« Ich schiebe den Stuhl geräuschvoll nach hinten und stehe auf. Für mich war es das jetzt, für Heitmeier noch nicht.

»Kennst du den Heuboden?« Ihre Frage trifft mich im Rücken, und ich spüre einen Kälteschauer. Wovor mich mein Körper warnt, weiß ich nicht. Ihre Stimme ist es nicht – sie klingt unverfänglich. Aber als ich mich langsam zu Heitmeier umdrehe, sehe ich ihren Blick. Meine Antwort muss eine große Bedeutung für sie haben, ihre wachsamen Augen registrieren jede meiner Bewegungen. Ich sage erst mal nichts, runzle die Stirn und schaue sie einfach nur verständnislos an.

»Kennst du den Heuboden über der Scheune, Kim?« Konzentrierter Blick, kein Blinzeln. Wie macht die das?

»Was heißt schon kennen? Ich weiß, dass da einer ist. Wieso?«

143

Heitmeier weicht aus. »Wer weiß deiner Meinung nach noch von dem Heuboden?«

»Keine Ahnung. Wahrscheinlich alle. Wir feiern da ja immer.«

»Warst du schon mal oben?«

»Nein.« Was soll das? Da kommt man gar nicht hin. Zumindest nicht von innen. »Keine Kerzen, keine Zigaretten, und niemand geht hoch. Jeschkes haben da vor Jahren schon alles dicht gemacht. Das war denen zu gefährlich.«

Heitmeier nickt. Und schreibt.

»Wieso ist der so wichtig für euch?«

»Dort ist das Feuer ausgebrochen, Kim. Deshalb.«

DASS ich langsam bin, fällt mir erst auf, als mich eine Oma mit ihrem Rollator überholt.

Am Kiosk im Krankenhaus hab ich mir ein Sandwich und 'ne Cola geholt. Ich wär auf dem Fahrrad vorhin fast zusammengeklappt.

Die Bänke hier im Park hinter der Klinik sind fast alle belegt, zumindest die im Schatten. Irgendwo dazusetzen will ich mich nicht, da hat man ganz schnell ein Gespräch an der Backe, und darauf hab ich jetzt absolut keinen Bock.

Ich gehe über den vertrockneten Rasen, ignorier die Verbotsschilder und setz mich in den Schatten eines riesigen Baumes. Ich brauche nur 'ne kurze Pause, lehne mich an den Stamm und mache die Augen zu.

Die Bullen haben sich also wirklich auf Jasper eingeschossen. Er hatte es geahnt.

Mir kommen Bilder, die ich nicht sehen will. Jasper auf dem Stuhl im Verhörraum, Jasper im Gerichtssaal … Ich starre auf mein Sandwich, kann mich aber nicht überwinden reinzubeißen. Jasper ist der korrekteste Mensch, den ich kenne. Er war das nicht – im Leben nicht!

Die Cola krieg ich an dem Kloß in meinem Hals vorbei, das Sandwich nicht. Ich schmeiß es auf dem Weg zu Gebäude L1 in den Mülleimer. Ich will zu ihm.

Zimmer 31 ist leer, und ich krieg Panik. Haben die Jasper etwa schon verhaftet? Wäre ja ein geiles Ablenkungsmanöver: Heitmeier bestellt mich ins Präsidium, und Bad Cop rast hierher und schnappt sich währenddessen Jasper. Trau ich ihm durchaus zu, aber ihr?

Langsam gehe ich weiter in den Raum und schaue mich vorsichtig um. Die Blumen stehen noch da, das Bett ist frisch gemacht. Kann ja auch sein, dass sie ihn schon entlassen haben und er mir nichts gesagt hat, so wie der gestern drauf war. Aber … Ich ziehe mein Handy aus der Tasche und schaue mir noch mal die Anrufliste an. Hätte er dann wirklich gestern Abend so oft angerufen?

Im Schrank finde ich seine Sachen, und auch seine Zahnbürste steht im Badezimmer im Becher. Er muss noch da sein!

Ich setze mich an den Tisch, schaue aus dem Fenster und warte.

»Hallo.«

Ich hab ihn nicht kommen hören, war weit weg, aber seine Stimme holt mich mit einem Schlag wieder zurück. Sie klingt heiser und völlig kraftlos, gar nicht nach Jasper. Langsam drehe ich mich um und könnte heulen, als ich ihn in der Tür stehen sehe. Er sieht so schmal aus, um seine Augen sind dunkle Schatten, an seinem Fuß ein komischer Gehschuh, und seine Hände umklammern Krücken.

»Ich hab gestern ganz oft angerufen, aber du bist nicht drangegangen. Ich wollte dir sagen, dass es mir leidtut, was ich …« Weiter kommt Jasper nicht. Ich springe von meinem Stuhl auf, laufe ihm entgegen und umarme ihn. Ich spüre seine Anspannung und höre sein erleichtertes Aufatmen, als meine Hände seinen Rücken streicheln. Er lässt die Krücken fallen, lehnt sich an mich und vergräbt sein Gesicht in meinen Haaren.

Der ganze Mist um uns verschwindet – für diesen Moment.

»Ich wollte das alles nicht sagen!«, höre ich ihn flüstern, während seine Hände zitternd meinen Nacken umschließen.

Meinen Kopf lege ich an seine Brust, ich höre sein Herz rasen, ganz nah, und ziehe Jasper noch fester an mich ran. »Ich weiß.«

Langsam wird Jaspers Zittern weniger, sein Atem beruhigt sich, und er hebt den Kopf. »Ich war echt ein Idiot!« Seine Hände umschließen mein Gesicht, seine Daumen streicheln sanft über meine Wangen. Ganz langsam finden sich unsere Lippen, liegen bewegungslos aufeinander, berühren sich vorsichtig. Es ist so bekannt und doch absolut neu. Sanft lässt Jasper seine Lippen über meine gleiten, und in mir beginnt es, sich zu drehen. Auch er verliert den Halt, gibt der Tür hinter sich einen Schubs, lehnt sich an sie und zieht mich

147

wieder fest zu sich ran. Ich klammere mich an seinen Hals und höre Jasper seufzen, als wir anfangen, uns zu küssen.

»Ich liebe dich!« Jasper kommt als Erster wieder zu Atem, aber ich bin noch weit weg, liege lange in seinen Armen und will noch nichts sagen. Einfach dableiben.

»Kim?« Ich blinzle zu ihm nach oben und blicke in sein schiefes, fast ein wenig verlegenes Grinsen. »Ich kann nicht mehr stehen.«

»Oh!« Widerstrebend löse ich mich von ihm und hebe die Krücken auf, die zwischen uns liegen. »Was ist eigentlich mit deinem Fuß?«

Jasper humpelt zum Bett und legt sich hin. »Bänderdehnung, zum Glück kein Bruch. Und wenn alles gut läuft, kann ich mit diesem Ding am Fuß trotzdem morgen hier raus.«

»Ich hab vorhin schon gedacht, du wärst weg. Du warst nicht da, und hier steht nichts von dir rum.«

»Wenn ich zur Untersuchung muss, schließ ich lieber alles ein.« Er öffnet seinen Nachttischschrank und holt seinen Wecker, einige Zeitschriften und sein Handy raus. Ein Stück Papier segelt dabei runter, mir direkt vor die Füße, und ich hebe es für ihn auf. Es ist ein Foto, das von Ben und mir.

»Hat mir die Polizei dagelassen. Nett von denen, oder?« Jasper nimmt es mir aus der Hand und schaut interessiert drauf. Lange studiert er es, bevor er seinen Kopf schief legt, mir das Foto hinhält und seine dunklen Augen mich fixieren. »Magst du es haben?«

»Du kannst es von mir aus zerreißen!« Ich sehe, dass Jasper wohl mit einer anderen Reaktion von mir gerechnet hat. Er hält das Bild immer noch hoch, bewegungslos wie ein Standbild, wenn man auf Pause drückt.

»Ich kenne das Bild«, erkläre ich kurz. »Heitmeier hat es mir heute Morgen vor die Nase gehalten.«

»Na dann.« Jasper zerreißt es tatsächlich und lässt die kleinen Papierfetzen langsam in den Mülleimer neben seinem Bett fliegen.

»Hast du 'ne Ahnung, wer das gemacht hat?«

Jasper schüttelt den Kopf. »Mich würde vielmehr interessieren, wer es der Polizei gegeben hat. Irgendjemand reitet mich da ganz schön in die Scheiße!«

Schwer vorzustellen, wer das sein soll. Ich kenne niemanden, der Jasper nicht mag. Die Mädchen sowieso nicht, die würden wohl eher mich angehen. Und von den Jungs? *Freund oder Arschloch.* Der Spruch von Tim fällt mir wieder ein, aber wo sollte ich bei Jaspers Freundeskreis anfangen? Es sind zu viele, um sie alle zu scannen.

»Sagst du mir, was mit Ben an dem Abend war?«

Ich schlucke und verknote meine Hände. Ich hatte gehofft, dass wir das ausklammern, aber Jaspers Frage

149

und sein bittender Blick machen klar, dass er es anders sieht.

»Es ist nicht mehr passiert als das.« Ich nicke zu den Schnipseln im Mülleimer und hoffe, dass ihm diese Antwort reicht.

Jasper senkt den Kopf und spielt dabei mit meinen Fingern.

»Ich weiß, dass du an dem Abend Schluss gemacht hast, und …«

Ich will protestieren, ganz so klar war es ja nicht, aber Jasper hält mich zurück. »Jetzt warte doch mal!« Er sortiert noch mal seine Gedanken, ich kenne den Blick nach innen und werde nervös.

»Als du gestern gegangen bist, hab ich gleich Emma angerufen. Ich wollte von ihr wissen, ob das stimmt, was du gesagt hast. Das mit dem Streit.« Jasper schaut auf. »Ich wollte das echt nicht glauben, aber sie hat mir dann alles erzählt. Auch meinen blöden Spruch. Du weißt schon: *Dann können wir ja gleich Schluss machen* …« Jasper schüttelt verlegen den Kopf. »Dass ich das echt gesagt habe … Es tut mir leid!«

Ich kenne niemanden, der sich so ehrlich entschuldigen kann wie Jasper. Und schon gar nicht nach so einer Aktion von mir. Aber Jasper ist noch nicht fertig.

»Als die Polizei mir dann gestern das Foto gezeigt hat, dachte ich, die wollen dich fertigmachen. Mir zeigen, dass du hinter meinem Rücken mit anderen rummachst oder so. Und ich hab denen dann gleich erzählt, dass es zwischen uns geknallt hat. Damit hab ich mich wohl selbst reingeritten …« Jasper schüttelt verzweifelt den Kopf, legt sich zurück auf sein Kissen und schlägt die Hände vors Gesicht. »Vielleicht bin ich es wirklich gewesen.«

»Hey!« Ich schreie fast, als ich ihm die Hände wegreiße. »Red nicht so 'ne Scheiße! Das darfst du noch nicht mal denken. Das wollen die doch nur. Die wollen, dass du einknickst!«

»Ich war auf dem Heuboden, Kim.«

»Was?« Mir wird schlecht. »Kannst du dich wieder erinnern?«

»Nein, aber nur so machen meine Verletzungen Sinn. Vor allem mein kaputter Fuß. Scheinbar bin ich gesprungen, hab mir den Kopf angeschlagen und meinen Knöchel verdreht.« Sein Blick fordert mich auf, etwas dagegen zu sagen, aber was denn? Es hört sich verdammt logisch an.

»Selbst wenn du da oben gewesen bist, Jasper, und selbst wenn du gesprungen bist! Du würdest doch nie im Leben einen Hof anzünden! Und die Bullen haben keine Beweise.«

»Die haben noch einiges.«

Ich kriege Angst. Obwohl ich weiß, dass er es niemals gewesen sein kann, kriege ich Angst. »Was denn noch?«, frage ich und will es eigentlich gar nicht hören.

»Ich war ziemlich betrunken. Das haben sie bei meiner Einlieferung gecheckt. Und dass ich sonst nicht so viel trinke, muss ihnen irgendein Idiot gesteckt haben.«

»Ich hab das gesagt«, gestehe ich leise und sacke zusammen.

»Warum das denn?«

Anschauen kann ich Jasper nicht. Ich höre genug in seiner Frage und sehe lieber weißes Bettzeug vor mir als verwirrte dunkle Schokoaugen. »Ich hab Heitmeier erzählt, dass du höchstens mal ein Bier trinkst. Ich wusste nicht, dass das an dem Abend anders war.« Meine Stimme ist jetzt kaum mehr zu hören. »Ich wollte dir eigentlich damit helfen.«

Jasper fängt meinen unsicheren Blick ein, versucht sich an einem Lächeln und zieht mich zu sich runter. »Komm her, du Idiot!«

Wir liegen nebeneinander, still und mit Blick zur Decke.

»Es hat mich übrigens doch jemand gesehen.«

»Was?« Ich drehe mich ruckartig auf den Bauch und schaue ihn mit großen, hoffnungsvollen Augen an. »Aber das ist doch super! Dann kann der doch sagen …«

»Ich wurde hinter der Scheune gesehen. Mit einer Petroleumlampe in der Hand.«

Kann man innerlich absterben? So ganz langsam –

von den Füßen aufsteigend bis in die Fingerspitzen? Ich spüre nichts mehr von mir. »Wer sagt das?«

»Ein Zeuge. Wer das war, hat man mir nicht verraten.«

So langsam sickert es durch, und ich verstehe Heitmeiers Satz: *Es geht hier um viel.*

»Du warst es aber nicht. Du warst das nicht, Jasper! Und außerdem ...« Ich muss ihm das von Tim und Marek erzählen. »Es gibt da noch zwei, die für die Scheiße in Frage kommen.«

Jasper schaut mich müde an. »Und wer soll das sein?«

»Tim und Marek«, triumphiere ich und setze mich auf. »Die waren nämlich doch noch da. Die sind nicht gleich nach eurem Streit verschwunden.«

»Echt?« Ich sehe Interesse in Jaspers Augen aufleuchten, er wirkt wieder wacher. »Woher weißt du das?«

Tja, das ist mal wieder typisch: Ich rede, ohne vorher nachzudenken. Wie soll ich das jetzt erklären, ohne Jasper noch mal weh zu tun? Geht wohl nicht, und ich entscheide mich für die Wahrheit. »Versprichst du, erst mal zuzuhören, ohne gleich auszurasten?«

Jasper runzelt die Stirn und legt den Kopf schief. »Dann kann es nur um Ben gehen.«

Ich nicke und atme einmal tief durch. »Er war gestern bei uns, als ich nach Hause kam. Er wollte sich

153

dafür bedanken, dass ich der Polizei gesagt habe ...
also, dass ich ihm ein Alibi gegeben habe.«

»Du hast *was*?« Jaspers Augen weiten sich, er presst
die Zähne aufeinander, und ich sehe seinen ange-
spannten Unterkiefer mahlen, bevor er ungläubig flüstert: »Dann hast *du* denen ja schon die Spur gelegt!«

So habe ich es noch gar nicht gesehen, ich wollte
doch nur Ben entlasten. Aber Jasper hat recht. Ich
lasse den Kopf sinken und verstecke mein Gesicht in
beiden Händen. Wie blöd kann man denn nur sein?

»Egal. Mach weiter. Es wäre ja eh rausgekommen.«
Jasper nimmt meine Hände runter. »Ben war also bei
euch.«

»Wir sind was essen gegangen und haben dann Mareks Auto gesehen.« Meine Stimme ist leise, aber kon-
trolliert. »Ben hat es erkannt und mir gesagt, dass er
den Wagen auf dem Hof gesehen hat. Viel später am
Abend. Das heißt, die sind noch da gewesen!«

»Das werden sie nie zugeben.«

»Haben sie schon.« Ich bekomme wieder Mut und
blicke Jasper fest in die Augen. »Wir waren bei Marek.«

»Ben und du?«

»Wir sind gleich hingefahren und haben Marek ausgequetscht. Der Heitmeier hab ich's auch schon gesagt.
Die will ihn sich noch mal vornehmen.« Ich sehe, dass
es bei Jasper angekommen ist, auch wenn er nichts

dazu sagt. »Übrigens«, fahre ich vorsichtig fort, »ich hab das gestern noch mit Ben geklärt.« Ich will das Thema jetzt aus der Welt schaffen. »Ben weiß, dass ich mit dir zusammen bin, und ich hab ihm klargemacht, dass das auch so bleibt!«

»Das fühlt sich gut an.« Jasper lächelt erleichtert und zieht mich in seine Arme. »Richtig gut!«

Ein hartnäckiges Hüsteln mischt sich in meine Träume. Jasper neben mir scheint es nicht erreicht zu haben, sein Gesicht ist entspannt, sein Atem geht ruhig, sein Schlafmangel war wohl noch größer als meiner.

Maria steht in der Tür und lächelt zu uns rüber. Mir ist das unangenehm. Ich rolle mich vorsichtig über die Seite aus dem Bett, suche meine Schuhe und gehe ihr leise entgegen.

»Wenn er schläft, sieht er so klein aus«, flüstert sie liebevoll und nimmt mich zur Begrüßung in den Arm. Er hat ihr scheinbar nichts erzählt, sicher auch besser so.

»Und bei dir? Alles klar?«

Niemand will auf solche Fragen echte Antworten, zumindest keine negativen. Also nicke ich, was sie zufriedenstellt.

»Ich wollte dich später sowieso anrufen. Jasper wird doch wahrscheinlich morgen entlassen. Am Nachmittag ist das kein Problem, da kann ich ihn abholen.

Wenn er aber schon morgens rauskann, könntest du ihn dann holen? Ich bekomm nicht frei.«

Es fällt ihr bestimmt schwer, mich zu bitten, das zu übernehmen. Und für mich heißt das, meine Mutter nach dem Auto fragen zu müssen. Aber für Jasper …

»Du kannst auch meinen Wagen nehmen.«

Bin ich so leicht zu durchschauen? Oder hat Jasper doch von meinem Stress zu Hause erzählt? Er weiß genau, dass ich das nicht mag. Ich schau zu ihm rüber, er kriegt nichts mit, und ich kann ihm nicht böse sein. Er sieht verloren aus in den weißen Kissen. Er liegt auf der Seite, sein Gesicht ist zur Hälfte verdeckt, mein Blick bleibt an seinem Mund hängen.

»Jasper hat den Ersatzschlüssel sicher hier irgendwo an seinem Bund.« Maria fängt an, in Jaspers Schubladen zu suchen, aber ich stoppe sie.

»Lass nur. Ich krieg sicher Mamas Auto.«

SCHADE, dass ich das Sandwich vorhin weggeworfen habe. Mein Magen knurrt. Aber den Umweg
über den Kiosk spare ich mir, bei Emma findet sich
immer was im Kühlschrank. Und zu der will ich jetzt.
Ich will mich bei ihr entschuldigen. Hab zwar nichts
gesagt, dafür aber umso mehr gedacht. Wie konnte ich
nur ernsthaft glauben, dass es Emma war, die mich
verpetzt hat? Völlig bescheuert!

Zum Glück ist sie da, aber sie wirkt ziemlich komisch, als sie mir die Tür öffnet. Sie lacht nicht, lässt
mich nur still rein, und ihre Augen mustern mich besorgt.

»Hast du es schon gehört?«, fragt sie vorsichtig,
als wir etwas unschlüssig in der Küche stehen. Dann
drückt sie mich plötzlich ganz fest an sich. »O Gott, es
tut mir so leid!«

Hä? Ich stehe grad ziemlich auf dem Schlauch, be-
freie mich von ihr und schaue sie verständnislos an.
Was genau?

»Du warst doch schon bei Jasper heute, oder?« Sie
dreht sich weg und holt Cola aus dem Kühlschrank.

»Ja«, antworte ich zögerlich.

»Ich kann das immer noch nicht glauben!« Sie an-
gelt ein Glas aus dem Schrank und geht mit mir auf
die Terrasse. »Du auch nicht, oder?«

Bevor ich antworten kann, tut es schon ein anderer: »Nein.«

Hannes sitzt am Tisch, und ich bleibe wie angewurzelt stehen.

»Hi«, Hannes steht auf, aber ich nicke nur kurz in seine Richtung und setze mich einfach.

»Ich hoffe, ich stör hier nicht irgendwie?« Spöttisch grinse ich von einem zum anderen. Emma ist es peinlich. »Quatsch!« Sie gießt mir was ein – ich kenne sie gar nicht so fürsorglich – und setzt sich dann zu uns. Ich habe echt Durst, trinke die Cola in einem Zug aus und halte das noch kühle Glas an mein Gesicht. Fahrrad fahren bei der Affenhitze – ich hab sicher 'ne rote Birne. Hannes beobachtet mich schweigend, Emma spielt an ihrem Piercing und starrt fast abwesend auf den Tisch.

»Und was genau könnt ihr nicht glauben?«, versuche ich, das Gespräch wieder in Gang zu kriegen. Die Gänsehaut, die ich dabei bekomme, überrascht mich.

Beide drucksen komisch rum, bis Emma sich einen Ruck gibt. »Dass es Jasper gewesen sein soll.«

Mein anfängliches Lachen bleibt mir im Hals stecken, als ich in ihre ernsten Gesichter blicke. Sie können es nicht glauben? Sie tun's scheinbar doch! »Was seid ihr denn für Idioten!« Mein zorniger Blick fliegt zu Emma, als ich aufspringe und dabei den Stuhl zum Kippen bringe. Von Hannes hab ich nichts anderes erwartet, von dem Weichei erwartet doch nie jemand was. Aber von Emma? »Haben die euch 'ner Gehirnwäsche unterzogen, oder was?«

Ich bin laut, ja, das weiß ich, das muss mir Emma nicht zeigen. Ihren erschrockenen Blick rüber zu den Nachbarn kann sie sich sparen. Ist ihr doch sonst auch scheißegal.

»Kim«, versucht sie, mich zu beruhigen, und schaut mich fast strafend an. »Hannes hat Jasper gesehen.«

Die Stille, die jetzt herrscht, ist schneidend. Hannes ist also der Zeuge! Drohend gehe ich auf ihn zu. »Das ist dir ja früh eingefallen. Du glaubst wohl …«

»Jetzt hör doch erst mal zu!« Emma schreit jetzt auch, und damit komm ich besser klar. »Hannes wollte das erst gar nicht sagen. Er …«

»Bist du jetzt seine Sprecherin?« Meine Augen müssen Gift sprühen, denn Emma schweigt.

»Ich hab ihn hinter der Scheune gesehen. Als wir, also Emma und ich, zum Haus gegangen sind.« Hannes' Blick hält meinem stand, ich habe ihn selten so sicher erlebt. »Ich hab mir am Anfang nichts dabei gedacht, aber als ich das dann von der Lampe gehört habe … Jasper hatte eine dabei.«

»Und das musst du dann auch gleich jedem erzählen, oder was?« Meine Hände sind zu Fäusten geballt, und ich spüre jeden Fingernagel, der sich tief in meine Handflächen bohrt. Aber der Schmerz ist gut, er lenkt

159

mich ab, sonst würd ich Hannes sicher am Kragen packen und über den Tisch ziehen.

»Wenn nicht klar ist, was passiert ist, kriegen Jeschkes das Geld von der Versicherung nicht.«

»Und das ist euch wichtiger als Jasper?« Verächtlich schaue ich erst zu Emma, dann zu Hannes. »Du bist der Einzige, der ihn gesehen hat. Und das heißt noch gar nichts!«

»Stimmt nicht.« Er lächelt mich mitleidig an, dann wandert sein Blick zu Emma. »Sagst du es ihr?«

Emma starrt auf ihr Glas, ich sehe, dass ihre Hände zittern. Dann schaut sie mich an. »Ich kann mich auch daran erinnern. Hannes hat noch gemeint, ob Jasper wohl den Weg zum Klo nicht findet.« Ihre Stimme klingt fest, aber ihre Augen flackern. »Es tut mir leid, Kim. Ich hab ihn auch gesehen.«

Emma ist ab heute Arschloch! Hannes war es wohl schon immer.

ZUM Capoeira wollte ich eigentlich gar nicht. War am Montag schon nicht da – wegen Ben. Und wollte heute auch nicht hin – wegen Ben. Aber egal, ob er da auftaucht oder nicht, ich weiß, dass ich das jetzt brauche. Auf dem Weg dorthin krieg ich ein Bild nicht mehr aus dem Kopf: Ich sehe Jasper die ganze Zeit vor mir, wie er friedlich schläft und nicht ahnt, wer ihn wirklich verraten hat. Scheiß Freunde!

Nur manchmal höre ich eine Stimme, die mich ganz leise fragt: *Und wenn er es doch war?*

Im Training bin ich total schlecht. Ich kann mich nicht konzentrieren, meine Technik ist schlampig, ich bin viel zu aggressiv. Aber egal, es tut mir gut. In Gedanken treffe ich mit jedem Schlag, mit jedem Kick Hannes genau in sein überhebliches Gesicht. Emma versuche ich auszuklammern. Die Blicke vom Mestre sprechen Bände, ihm gefällt es überhaupt nicht, was ich mache, aber er lässt es durchgehen.

»Ich hoffe, du findest dich bald wieder, Puma«, verabschiedet er sich von mir, er spürt wohl, was los ist.

An Ben hatte ich gar nicht mehr gedacht, bis er beim Fahrradständer plötzlich vor mir steht.

»Ich dachte, wir hätten gesagt, kein Treffen mehr«,

161

fahre ich ihn an, freue mich aber trotzdem, ihn zu sehen. Ben sagt nichts, blickt sich nur kurz um, bevor er mich fest in die Arme nimmt. Meine Tasche rutscht runter, fällt auf den Boden, mir völlig egal. Ich lehne mich an ihn, an Tronco, und zum ersten Mal an diesem beschissenen Tag geht es nur um mich. Ich muss nicht kämpfen, nicht überzeugen, niemanden aufbauen.

»Ich hab gehört, was hier abgeht«, flüstert Ben. »Sorry, aber ich musste dich sehen.«

»Du denkst bestimmt, dass ich bescheuert bin.« Ich versuche zu lächeln. »Immer, wenn wir uns sehen, fang ich an zu heulen.«

Mein Kopf wippt leicht bei seinem Lachen. »Dass Frauen in meiner Anwesenheit die Fassung verlieren ... passiert mir ständig!«

Ich haue ihm leicht auf die Brust, doch er fängt meine Hand ein. »Willst du reden?«

Weiß ich nicht. Eigentlich nicht. Ich tu es aber trotzdem. »Sie stürzen sich auf Jasper.«

»Ich weiß. Von Hannes.«

Neben dem Fahrradständer steht eine Bank, und wir setzen uns. Und während ich noch versuche, meine Gedanken zu sortieren, fängt Ben an zu reden. »Hannes ist ziemlich fertig und hat wohl lange gezögert, was zu sagen. Ich hab es auch erst gestern von ihm erfahren.« Ben muss meinen Hass auf Hannes spüren, denn er hebt abwehrend die Hände.

»Ich will ihn gar nicht verteidigen, Kim. Du weißt, dass wir uns nicht besonders mögen. Und ich hab ihm auch noch mal klargemacht, was das für Jasper bedeutet. Aber er ist sich total sicher, dass er es war, und …« Ben zuckt niedergeschlagen die Schultern. »Er sagt, dass er unseren Eltern näher steht als Jasper.«

»Selbst wenn er ihn da gesehen hat, beweist das noch lange nicht, dass Jasper wirklich das Feuer gelegt hat. Und es wär echt anständiger von Hannes gewesen, ihn vorher zu warnen, oder?« Mein Ton ist viel zu scharf, ich treibe Ben in die Enge statt Hannes, aber der ist eben gerade nicht da. Und Ben scheint es nichts auszumachen, er bleibt ruhig, lehnt sich zurück und legt den Kopf nach hinten in seine verschränkten Arme. »Schöne Scheiße!«

Zu gern würde ich mich jetzt auch anlehnen, an Ben. Bleibe aber vorne sitzen, stütze die Arme auf die Knie und starre auf den Boden.

»Am meisten nervt mich, dass niemand mehr an Jasper glaubt.« Wütend kicke ich einen Stein zur Seite, der vor mir liegt, treffe ihn aber nicht mal richtig.

»Ich hab nichts gesagt!«

»Dich meine ich ja auch nicht. Aber sonst keiner.« Leise füge ich an: »Außer mir.«

»Du kennst ihn am längsten. Und am besten. Also bleib dabei!«

»Ich kann ihm aber nicht helfen!« Gegen die Sonne blinzle ich zu Ben. »Ich reiche nicht.«

Ben nickt gedankenverloren. »Jasper muss sich erinnern, das wär seine beste Verteidigung. Wenn er weiß, was da abgegangen ist …«

»Aber wie?« Meine Verzweiflung ist nicht zu überhören.

Bens Hand hört auf, über meinen Rücken zu streicheln, er beugt sich zu mir nach vorne, unsere Arme berühren sich leicht. »Ich hab mal ein bisschen im Internet gesucht. Manche fangen an, sich wieder zu erinnern, wenn sie dahin gehen, wo es passiert ist. Ich meine, wenn du ihn auf unseren Hof bringst, kann es sein, dass …«

Die Idee ist gar nicht schlecht. »Jasper wird morgen entlassen. Meinst du echt, das kann funktionieren?«

»Ein Versuch ist es wert. Schaden kann es zumindest nicht. Es sei denn …« Ben zieht die Augenbrauen hoch.

»Was?«

»Es sei denn, er war es doch.«

»Das fällt aus!«

»Ja dann.« Ben steht auf, stellt sich direkt vor mich und zieht mich an beiden Händen hoch. »Ich muss leider los.«

»Bist du morgen Vormittag auf dem Hof?«

»Kann ich so planen.« Ben holt sein Handy aus der

Hosentasche und schaut mich erwartungsvoll an. »Gib mir mal deine Nummer.«

Ich diktiere sie ihm und sehe, wie seine Mundwinkel zucken.

»Was gibt es da zu lachen?«

Bens Grinsen wird breiter. »Ich kann mich nicht erinnern, dass es schon mal so lange gedauert hat, bis ich endlich die Nummer von 'nem Mädchen hatte.«

Ich boxe ihm in die Rippen, muss aber auch lachen.

Wir gehen zum Fahrradständer zurück. Ben ruft mich währenddessen an, so hab ich auch endlich seine Nummer.

»Und bei euch ist nachts auf dem Hof noch Betrieb?« Ich will Zeit schinden, will Ben noch nicht gehen lassen, und was Besseres fällt mir im Moment nicht ein. Außerdem interessiert es mich wirklich, aber Ben schaut nur irritiert.

»Heitmeier hat erzählt, dass bei euch nachts noch jemand rumgeschlichen ist.«

»Echt? Nehmen die das so ernst?«

»Scheint so. Sie hat sogar gefragt, ob ich das war.«

»Und, warst du's?«

»Klar!« Ich nicke ernst und schaue dann entschuldigend zu Ben hoch. »Mein Sonntagabend-Programm: Frau sucht Bauer. Leider war niemand da.«

Diesmal krieg ich was zwischen die Rippen.

»Meine Mutter hat in der Nacht irgendwelche Geräusche gehört und meint, in Hannes' Zimmer wäre jemand gewesen. Aber ob das stimmt?« Ben zuckt mit den Schultern. »Keine Ahnung! Die ist zurzeit total durch den Wind. Hört und sieht überall Gespenster ...«

»Hat denn die Polizei was gefunden? Also Spuren oder so?«

»Nichts Brauchbares. Und es fehlt auch nichts. Bis auf ...« Ben beißt sich kurz auf die Lippe, bückt sich dann über mein Fahrrad und greift nach dem Schloss. »Ist das diesmal deins, oder muss ich es wieder aufbrechen?«

»Bis auf *was*?« Ich bin doch nicht blöd.

Ben richtet sich langsam wieder auf. Wahnsinn, wie unschuldig er gucken kann. Nützt ihm aber nichts – ich bleibe hart. Und er scheint es zu checken, reibt sich erst über den Nacken, bevor er dann sein charmantes Grinsen auspackt. »Gras – frisches, brasilianisches Gras!«

»Du rauchst?«

»Selten. Das meiste war auch nicht für ... Was?« Meinen Finger, der ihm den Vogel zeigt, nimmt er sich einfach, und mein »Ist klar!« lacht er weg. »Das ist wahr! Ich hab Freunden versprochen, was mitzubringen. Von daher ist es noch blöder, dass es weg ist.«

»Und Heitmeierchen hilft jetzt suchen?«

Ben legt als Antwort nur den Kopf schief und zieht skeptisch eine Augenbraue hoch. »Hannes hat es bestimmt. Schätze, dass er es sich auf der Party schon geklaut hat. Ich war ja irgendwie …«

Ben lässt das Ende offen, und es wird plötzlich still zwischen uns. Ich sollte jetzt das Schloss öffnen, auf mein Fahrrad steigen und losfahren. Aber Ben steht davor. Außerdem schaue ich grade in wunderbar warme Augen mit blitzenden grünen Sprenkeln.

»Meldest dich morgen einfach, okay?« Ben räuspert sich, klopft mir aufmunternd auf die Schulter, geht aber schnell wieder auf Abstand. »Dann kommt ihr zwei vorbei, und wir schauen mal.«

»Warum machst du das eigentlich? Ich meine, warum tust du das, gerade für Jasper?«

Ben seufzt, greift mit beiden Händen in meine Haare und durchwuschelt sie kräftig, bevor er meinen Kopf fest an seine Brust zieht. »Ich mach das nicht für Jasper.«

Bens Hände, seine Wärme und sein leises Seufzen, als er mich zu sich zieht, machen mich schwindelig. Vorsichtig linse ich zu ihm hoch, er hat die Augen geschlossen und sein Gesicht an meinen Kopf gelehnt. »Ich will, dass *du* heil aus der ganzen Sache rauskommst.« Er hat meinen Blick wohl gespürt, denn er lächelt zu mir runter. »Bevor das nicht klar ist, flieg ich nicht zurück!«

»Hör auf damit, Ben!« Ich schiebe ihn langsam von mir weg. »Hör auf, so nett zu mir zu sein.«

»Schön blöd, oder?« Er schaut lange auf unsere Hände, die sich immer noch festhalten, und dann in mein Gesicht. Seine blauen Augen treffen mich. Ich hab das Gefühl, er sieht wirklich mich – mit allem, was ich bin. Und ich merke, wie sehr ich das mag.

»Ich hau lieber ab!« Bens Stimme klingt brüchig. Er lässt meine Hand los, streicht mir eine Haarsträhne aus dem Gesicht, dreht sich um und geht.

»KIM?« Mama ruft von oben, als die Haustür hinter mir ins Schloss fällt.

»Jaaa!« Wer auch sonst? Papa kommt nie so früh, außerdem hat er heute Nachtschicht.

Ich geh in die Küche und hol mir aus dem Kühlschrank den Rest vom Mittagessen, schmeckt sicher auch kalt. Warum kocht sie eigentlich jeden Tag? Ist doch eh keiner da, der ihre kulinarischen Höhenflüge würdigt.

»Ich muss gleich los.« Mama kommt in die Küche und starrt auf meinen Teller. »Mach es dir doch wenigstens warm!«

»Wohin geht's?« Sie hat sich zurechtgemacht, aber anders als sonst. Nicht so aufgetakelt. Steht ihr, finde ich.

»In den *Leierkasten*.«

»Was, du? Weiß Papa davon?«

»Er weiß, dass ich weggehe.« Mama sagt das ganz beiläufig, während sie ihren Kram in die Handtasche packt. Hält dann aber inne und lächelt mich an. »Er muss ja nicht alles wissen.«

Aufstand der Unterdrückten?

»Mit wem?« Ich bin jetzt echt neugierig.

»Eva kam grad rüber. Ihre Freundin ist krank geworden, und sie hat eine Karte übrig.«

169

»Du weißt aber schon, dass es im *Leierkasten* keine Oper gibt, oder?«

»Ich weiß. Irgendwas Spontanes, nennt sich Improvisationstheater. Soll sehr lustig sein.« Als Letztes wandert ihr Autoschlüssel in die Tasche, ein kurzer Blick in den Spiegel, bevor sie sich zu mir umdreht: »Ich möchte mal wieder lachen.«

Kein Wort zu dem Umschlag. Kein Wort zu Ben gestern.

In meinem Zimmer weiß ich nicht, wohin mit mir. Es ist fast acht und immer noch wahnsinnig heiß. Kann mich gar nicht daran erinnern, wann es das letzte Mal geregnet hat.

Duschen wär vielleicht nicht schlecht …

Ich gehe ins Bad, schalte das Radio an und drehe das Wasser auf kalt. Ich will jetzt nicht nachdenken. Nicht über Mama, obwohl mich das eben wirklich verwundert hat. Nicht über Heitmeier. Auch nicht über Ben vorhin. Mit ihm ist es irgendwie anders als mit Jasper – aufregender, kribbeliger. Aber auch anstrengend. Wenn ich ihn sehe, bin ich wie unter Strom; bei Jasper bin ich zu Hause. Ich merke, wie allein der Gedanke an ihn mich ruhiger macht.

Blöd, dass jetzt keine Besuchszeit mehr ist.

Obwohl …

Auf dem Weg zur Klinik hol ich an der Tanke noch schnell Jaspers Lieblingspistazien und bin zehn Minuten später da. Am Empfang vorbeizukommen müsste eigentlich kein Problem sein, und wenn doch, sag ich einfach, dass ich meinen Vater besuche. Hab ich früher tatsächlich manchmal gemacht – einfach nur so.

»Hallo, Kim!« Die Frau hinter dem Tresen winkt mir freundlich zu. Bevor sie mir jetzt irgendein Gespräch aufzwingt, bleibe ich lieber auf Abstand, halte nur meinen Schlüsselbund hoch und erkläre im Vorbeigehen: »Muss ich meinem Vater bringen. Sonst kommt er später nicht rein.«

Das Gleiche kann ich auf der Station natürlich nicht abziehen, aber da Jaspers Zimmer auf dem Gang ganz vorne liegt, muss ich nicht am Schwesternzimmer vorbei, was mir eine andere Ausrede hoffentlich erspart.

Bevor mich jemand erwischen kann, schleiche ich lautlos über den Flur, verzichte aufs Anklopfen und verschwinde schnell in Zimmer 31.

»Hallo?«

Allein Jaspers Stimme zu hören tut gut. Aber ich sage erst mal gar nichts, halte nur die Pistazien um die Ecke und warte auf seine Reaktion.

»Du hast 'nen Knall!« Jasper lacht, als ich um die Ecke komme. »Aber einen tollen.«

»Wollt dich noch mal sehen.« Irgendwie stolpert

doch mein Herz, als er den Fernseher ausmacht, sich aufsetzt und mir die Hand entgegenstreckt. Ich leg meine in seine, aber er haut sie weg. »Nee, nee. Die Tüte!«

»Sag mal, geht's noch? Keine Pistazien ohne Kuss.«

Er lächelt und beugt sich zu mir. Seine Lippen kommen näher, berühren mich weich, und ich lege mich in seinen Arm. Jasper hält mich, und ich merke, dass ich mehr will. Aber nicht hier!

»Schläfst du morgen wieder zu Hause?«, frage ich, und in Jaspers dunklen Augen blitzt es auf.

»Angst, dass jemand reinkommt?«

Ich haue ihm eine in die Seite, ignoriere sein völlig überzogenes Gejammer, setze mich aufs Bett und mache die Tüte auf. »Das sagt der Richtige. Ich weiß noch genau, wie peinlich es dir war, als Maria plötzlich …«

Weiter komme ich nicht, Jasper verschließt meinen Mund mit seinen Lippen und küsst mich fordernd.

Dass er sich dabei die Tüte geschnappt hat, merke ich leider zu spät.

»Ich komm morgen raus. Um elf ist noch ein Gespräch, dann kann ich gehen. Maria hat gesagt, dass du mich abholst?«

»Ja. Und dann will ich mit dir auf den Hof.«

Jasper knackt konzentriert eine Pistazie, legt die Schalen zu den anderen vor sich aufs Bettzeug, bevor er sich die Nuss langsam in den Mund schiebt. Erst dann schaut er zu mir hoch. »Zum Erinnern?«

Ich nicke.

Jasper atmet tief durch, lehnt sich zurück und sagt lange nichts – kaut nur auf seiner Unterlippe. Dabei schaut er unentwegt zu mir. Ich mag seinen Blick: dunkel, meistens ernst – so wie gerade.

»Ich hatte das Thema heute schon. Dein Vater hat mir gesagt, dass die Polizei ihm da ziemlich Druck macht. Die haben wohl die gleiche Idee. Aber … schon morgen?«

»Wir haben nicht so viel Zeit.« Ich will ihm keine Panik machen, aber meine Stimme verrät, dass ich Angst habe. Angst, dass die Bullen sich festbeißen. »Hannes ist übrigens der Zeuge.«

Jasper hat gerade eine Pistazienschale in der Hand, legt sie jetzt langsam auf sein Knie und schnipst sie wütend mit den Fingern an mir vorbei Richtung Wand. »So ein Arschloch!«

»Nicht nur er, Emma erzählt den gleichen Mist!« Ich setze mich neben Jasper und nehm mir auch 'ne Schale – vielleicht hat das Schnipsen ja irgendeinen therapeutischen Zweck.

»Emma habe ich nie so ganz verstanden. Aber Hannes? Ich hab eigentlich gedacht, dass wir … Also Freunde sind wir nicht. Aber ich hätte nicht gedacht, dass er was gegen mich hat.«

»Muss er wohl, sonst würd er ja nicht so einen Mist erzählen.«

»Oder sie sagen beide die Wahrheit.«

Ich werfe Jasper einen flehenden Blick zu. »Ich hab ehrlich grad keinen Nerv mehr auf das Thema, okay? Du warst es nicht, und morgen können wir das hoffentlich klarmachen. Aber jetzt nicht, ja?«

Jasper legt den Arm um mich. Wir sitzen da wie ein altes Ehepaar.

»Ich hab die Wohnung übrigens Jan und Tina gegeben«, sagt Jasper in die Stille.

»Was?« Ich setze mich mühsam ein Stück auf. »Du meinst aber nicht unsere Wohnung, oder?«

»Doch. Mein Onkel wollte eine Entscheidung, und … ich glaub, du bist noch nicht so weit, oder?«

Ich weiß nicht, ob ich Jasper knutschen oder ihm eine runterhauen soll. Ich fühle mich total erleichtert, bin aber irgendwie auch enttäuscht. Die Wohnung war der Hammer, echt günstig und vor allem: unsere gemeinsame Zukunft. Scheiße Mann, gibt es zwischen uns gar kein Thema mehr, das irgendwie auch nur im Ansatz leicht ist?

»Du sagst nichts?«

»Ich weiß grad nicht, wie ich das finden soll.«

Jasper lächelt, das spür ich, und ich kann es in seiner Stimme hören, als er sagt: »Auch kein Thema für heute, oder?«

174

Ich nicke erleichtert, lehne mich an seine Schulter, will abschalten, als Tina mir gedanklich dazwischenfunkt. »Ach scheiße! Ich muss deine Binde noch bei Kalle abgeben.«

»Dann hat sich Tina bei dir gemeldet?« Jasper klingt mittlerweile auch müde.

»Nee, ich hab sie gestern zufällig getroffen. Sie und drei andere Spielerfrauen.«

Jasper lacht leise. »Du kriegst es im Moment echt dicke, oder? Wär aber gut, wenn du dran denkst. Ich hätte die Binde gar nicht einstecken dürfen.«

Ich sehe Jan vor mir, wie er am Samstag als Kapitän auf dem Platz steht und Tina sich dran aufgeilt. »Manchmal hab ich das Gefühl, die beiden saugen dich richtig aus.«

»Was?« Jasper runzelt irritiert die Stirn. »Wie meinst du das?«

»Die sind immer an dir dran. Gerade Tina. Und weil sie dich nicht haben kann, macht sie aus Jan ihren eigenen Jasper: die gleichen Klamotten, die gleiche Frisur ... und jetzt noch deine Position und deine Wohnung!«

»Tina war wirklich mal in mich verknallt. In der Zehnten. Auf der Klassenfahrt ... Sag mal, was machst du da eigentlich die ganze Zeit?« Jasper schaut erstaunt auf das Pistazienschalenchaos, das ich um uns herum auf dem grauen Linoleumboden veranstaltet habe.

175

Ich finde, es hat was, aber Jasper schubst mich aus dem Bett. »Komm, die machst du weg!«

Aufstehen muss ich wirklich, sonst penne ich hier noch ein. Ich schiebe die Schalen mit dem Fuß zusammen und dann unters Bett.

Jasper verzieht das Gesicht. »Das hab ich jetzt nicht gesehen.«

»Ich weiß nicht, was du meinst?«

»Ob ich mit dir zusammenziehe, sollte ich mir echt noch mal überlegen.«

Ich lächle unschuldig, beuge mich zu ihm runter und küsse ihn zum Abschied.

»Ich liebe dich«, höre ich Jasper flüstern, bevor ich die Tür hinter mir schließe und den Gang runterschleiche.

Das Gesicht von dem Drachen, der wie aus dem Nichts plötzlich vor mir auftaucht, kenne ich nicht. Sieht aber ziemlich angepisst aus.

»Mein Vater hat seinen Schlüssel vergessen«, versuche ich ihr Gemotze zu unterbrechen, aber sie lässt das nicht durchgehen.

»Na und? Das ist kein Grund, hier abends rumzuschleichen. Wenn du …«

»Kim?« Mein Vater!

»Hab doch gedacht, dass ich die Stimme kenne.« Er legt mir seine Hand auf die Schulter, sieht nach außen

sicher nett aus, kann ja auch keiner sehen, dass sie fest
zudrückt.

»Sie kennen meine Tochter noch gar nicht, oder?«

Der Drache errötet unter seinem Blick und stam-
melt eine Entschuldigung.

Ich weiß nur eins: Die Hand muss weg!

Es klirrt, als mein Schlüsselbund auf den Boden
fällt. Der Drache verstummt, ich heb ihn auf und bin
den Druck los.

»Na ja, sollten Sie noch mal Ihren Schlüssel vergessen, weiß ich ja Bescheid.« Sie lächelt bemüht, schaut
beim Umdrehen auf meine Hand und wird plötzlich
wieder misstrauisch. »Hübschen Anhänger hat dein
Vater da!«

Scheiße, der pinke Totenkopf. Der Drache passt auf!

»Hab ich ihm mal geschenkt«, erkläre ich schnell
und halte den Schlüsselbund meinem Vater hin. »Ich
glaub, ich war zwölf, oder?«

»Nein«, sagt er ernst, als er zugreift, und ich würde
ihm am liebsten vor die Füße spucken. »Du warst drei-
zehn.«

Er lächelt mich an, steckt mir heimlich den Schlüssel wieder zu und geht.

Dienstag, 6. Juli

Hast du noch was gehört? 22:03

Nein 22:05

Perfekt! Dann läuft ja alles nach Plan. 22:12

Ich hab alles getan. Jetzt bist du dran: Vernichte sie! 22:24

Soll ich das wirklich? 22: 38

Du hast es versprochen!!!!! 22:40

DASS Papa trotz Nachschicht mit uns frühstückt, fühlt sich ungewohnt an – wie so vieles in letzter Zeit. Mit kalter Routine komme ich besser klar, die erspart das Denken.

Ich beschäftige mich mit meinem Toast, Butter gehört in jede Ecke, und auch den Käse kann man exakt der Form anpassen. Das Gerede meiner Eltern verschmilzt mit der Musik des Klassiksenders, ich bin in Gedanken schon auf dem Hof. Das Auto von Mama krieg ich, war keine große Sache. Für Jasper mache sie das gern, hat sie gemeint.

»Und du spielst mit dem Gedanken, ein Freiwilliges Soziales Jahr zu machen?« Die Frage von Papa reißt mich raus, den Umschlag hatte ich total ausgeblendet.

»Eigentlich nicht.«

»Wieso dann die Unterlagen? Dieses Projekt in Brasilien?« Papa trinkt von seinem Kaffee, behält den Schluck im Mund und wartet. Über den Rand der Tasse verfolgt mich sein Blick – bis er sie langsam wieder auf dem Tisch abstellt und geräuschvoll schluckt.

Mama nutzt die Stille. »Wir finden die Idee an sich ja gar nicht schlecht. Von uns aus musst du nicht gleich mit dem Studium an…«

»Das hast *du* gesagt«, unterbricht mein Vater sie. »Ich sehe das anders. Aber wenn du es wirklich machen willst, höre ich mich gern ein bisschen um. Über die Klinik kann ich dir sicher gute …«

»Danke!« Ich stehe auf und schiebe meinen Stuhl ran. »Sorry, aber ich muss los. Jasper wartet.«

Mamas übliches »Fahr vorsichtig« überhöre ich, aber was Papa sagt, kommt bei mir an: »Vergiss deinen Schlüssel nicht, Kim.«

Hat er dabei tatsächlich gelächelt?

Auf dem Weg zum Auto schreibe ich Ben schnell eine SMS, dass wir gleich kommen, steige ein und fahre los. Jetzt – allein – werde ich nervös: taube Beine, feuchte Hände, ein Augenlid flackert. Ich dreh das Radio auf und singe laut mit.

Jasper erwartet mich schon auf dem Vorplatz. Hat Maria ihm die Klamotten heute Morgen noch vorbeigebracht? Hab ihn lange nicht mehr in seinem Look gesehen: lockeres Hemd und 'ne enge Jeans …

»Wie hast du denn die Hose über deinen fetten Klotz gekriegt?«

»Der ist ja nicht festgeklebt.« Jasper zeigt auf die Klettverschlüsse, und ich sehe das Zittern seiner Finger. Er ist also auch nervös.

Die Krücken will er mit vorne haben, die Tasche werfe ich in den Kofferraum, und bevor ich einsteige, schaue ich bittend in den blauen Himmel. Es muss klappen!

»Müssen wir Jeschkes nicht Bescheid geben? Ich meine, wir können doch nicht einfach so da auf…« Jasper stockt, als er mein stummes Nicken bemerkt. »Du hast das mit Ben abgesprochen!«

Zum Glück muss ich gerade abbiegen, setze den Blinker und schaue nach links. »Es war sogar seine Idee. Er will dir helfen.«

Jasper schnauft verächtlich. »Ich bin doch nicht blöd! Das macht er für dich, nicht für mich. Der will dich rumkriegen, das ist alles.«

»Und wenn schon! Wo ist das Problem?« Jasper will was sagen, aber ich bin noch nicht fertig. »Kannst du dir eigentlich vorstellen, wie das für mich immer ist? Deinen ganzen Fanclub zu ertragen? Dich himmeln sie an, über mich lästern sie. Glaubst du, das ist leicht? Jedes Mal …« Mir kippt die Stimme weg, war aber wohl auch genug, Jasper schweigt. Er hantiert nur vorne mit seinen Krücken rum, will sie beide auf eine Seite bekommen, an die Tür lehnen, und tritt fest zu, als es nicht sofort klappt.

»Hey«, meine angeschlagene Stimme klingt rau. »Mach dir den anderen Fuß nicht auch noch kaputt, 'n Rolli schieb ich nicht!«

Aus dem Augenwinkel sehe ich, dass er die blöden Krücken endlich in Ruhe lässt, sich zu mir dreht und seine Lippen zu dem typisch schiefen Jasper-Grinsen verzieht. »Du …«

»Ja?«

»Keine Ahnung!« Jasper lehnt sich im Sitz zurück. »Hinter dir sind übrigens auch viele her. Kriegst du nur nicht mit. Kannst du auch gar nicht. Außer Emma und mir lässt du ja keinen an dich ran.« Jasper greift sich in den Nacken und verzieht fast schmerzhaft das Gesicht. »Bis auf Ben!«

Ich kann nichts dazu sagen, muss ich aber auch nicht, denn vor uns taucht jetzt die Hofeinfahrt auf. Ich nehme den Fuß vom Gas, und meine kalten Finger umklammern das Lenkrad, als ich reinfahre. Jasper beugt sich angespannt nach vorne und starrt fassungslos aus dem Fenster.

Ich hätte die Fahrt lieber nutzen sollen, um Jasper auf das vorzubereiten, was ihn auf dem Hof erwartet. Seine Hand sucht meine. »Da ist ja fast nichts mehr da.«

Auch mich erwischt es wieder, das kalte Grauen, als ich die verbrannte Scheune sehe. Sie dampft nicht mehr, hat aber trotzdem nichts von ihrem Grusel verloren. Ich schalte den Motor ab, steige aus dem Auto und schaue mich nach Ben um, während ich Jasper beim Aussteigen helfe. Jasper will die Krücken nicht, verdammter Stolz, also versuche ich, ihn beim Gehen zu stützen.

Ben werkelt an seinem Pick-up rum, ich sehe ihn durch die geöffnete Schuppentür. Im gleichen Moment bemerkt er auch uns, schaut auf, zieht seine Arbeitshandschuhe aus und kommt zu uns rüber. Ben wirkt vollkommen ruhig, sein Gesicht ist ernst, aber sein Ton freundlich, als er Jasper mit Handschlag begrüßt. »Alles klar so weit?«

Jasper nickt wortlos, bleibt absolut distanziert und wachsam.

»Hi!« Bens Blick wandert zu mir. Wir berühren uns nicht, aber ich lese genug in seinen Augen.

»Hi!« Ich muss schnell weggucken, hätte nicht gedacht, dass es so schwer sein wird, und möchte das Ganze nur noch möglichst schnell hinter mich bringen.

»Am besten, wir gehen gleich rüber, oder?« Ben wendet sich Jasper zu. »Brauchst du Hilfe?«

»Nein!« Jaspers Ton ist kalt und sein Blick abweisend, als er nach meiner Hand greift, mich zu sich zieht und Ben klarmacht: »Ich würd das gern allein machen. Mit Kim, okay?«

»Verstehe.« Ben lächelt mir zu. »Viel Glück!« Er zieht sich zurück, und es zerreißt mich innerlich. Ich möchte am liebsten hinterher. Ihn festhalten, in den Arm nehmen, ihm danken. Aber die Hand, die ich halte, will ich dabei nicht loslassen. Kann ich auch gar nicht. Sie ist schon so lange in meiner. Es ist doch Jaspers!

Also lasse ich Ben gehen, hoffe aber, dass er irgendwo in der Nähe bleibt – falls was ist.

183

Jasper legt seinen Arm um mich, und wir schauen beide eine Zeitlang still zur abgebrannten Scheune rüber.

»Fangen wir an«, sagt er leise, nimmt sich wieder meine Hand und zieht mich vorwärts.

Die Umgebung der Scheune ist nicht mehr abgesperrt, die gefährlichen Holzstreben, die am Samstag noch schief in die Luft ragten, sind nicht mehr da. Dafür noch der Geruch. Kann das überhaupt sein?

»Hier bin ich echt heil rausgekommen?« Jasper schüttelt sich, wir stehen inmitten von Asche auf der ehemaligen Tanzfläche.

»Erinnerst du dich an was?«, frage ich vorsichtig.

Jasper schüttelt den Kopf, schaut sich um, als wäre alles noch da, sagt aber nichts mehr.

»Hier war die Theke. Davor standen einige Barhocker.« Ich sehe noch alles vor mir, zeichne mit meinen Füßen Linien und Kreuze in die Asche und hoffe, ihm damit irgendwie helfen zu können. »Da hinten standen ein paar Strohballen zum Sitzen. Und hier ging's nach draußen.«

Plötzlich lässt Jasper meine Hand los, humpelt zum Ausgang, der nicht mehr da ist, und bleibt einen Moment stehen. Ich mag nichts sagen, nichts fragen, habe Angst, ich könnte ihn stören. Aber mir wird das Ganze langsam unheimlich. Jaspers Gesicht ist angespannt, sein Blick wirkt, als ob er ganz woanders wäre. Fängt

184

es so an, das Erinnern? Ich folge ihm mit etwas Abstand, schaue mich nach Ben um, ich brauch ihn, wenn was schiefgeht! Aber ich sehe ihn nicht. Scheiße! Ist er vorhin in den Schuppen zurückgegangen?

Aber was soll schon passieren? Jasper erinnert sich, und alles wird gut.

Warum kann ich einfach nicht daran glauben?

Jasper! Ich sehe ihn auf der anderen Seite der Scheune. Er ist stehen geblieben und starrt vor sich hin. Ich beobachte ihn, würde so gern wissen, was bei ihm gerade im Kopf abgeht. Aber von seinen Gedanken krieg ich nichts mit, wenn er nichts sagt.

Er schaut jetzt nach oben, lange. Und dann beginnt er zu zittern. Ich renne zu ihm, nehme die Abkürzung durch die Asche und greife nach seiner Hand. »Was ist los, Jasper?«

Das Zittern wird stärker, Jasper ist mittlerweile kalkweiß, seine Hände sind eiskalt.

»Ich hab dich gesucht!«, höre ich ihn flüstern. »Ich hab dich überall gesucht!«

Mir wird vor Aufregung ganz schlecht, Jasper beginnt zu taumeln. Wenn der mir hier wegkippt! Ich ziehe ihn zu mir, halte ihn fest, während meine Augen verzweifelt den Hof absuchen. Jasper wird so schwer. Ich will schreien, hole Luft, kriege aber nichts raus.

»Und ich war oben!« Jasper hängt in meinem Arm und zeigt hoch. »Ich war auf dem Heuboden.«

185

»Ben!« Endlich gehorcht mir meine Stimme. »Ben!«

Ich weiß nicht, ob es mein Schreien ist, das Jasper wieder zurückholt. Zumindest kann er sich wieder selbst halten und schaut mich mit klaren Augen an. »Ich hatte aber keine Lampe dabei. Da bin ich mir absolut sicher.«

Das letzte bisschen Zweifel verschwindet, er war es nicht, und ich könnte vor Erleichterung heulen. Natürlich können wir nichts beweisen, und mir ist klar, dass das den Bullen nie reichen wird. Aber für uns beide ist es gut.

»Ich war es nicht«, flüstert Jasper, und jetzt ist er es, der mich hält. »Die hatten mich fast so weit, Kim. Verstehst du?« In seinen dunklen Augen sammeln sich Tränen. »Aber ich war es nicht!«

»Ich weiß.« Ich ziehe seinen Kopf zu mir, streichle seinen Nacken und blicke über seine Schultern direkt in Bens Augen. Er muss durch den Seitenausgang des Schuppens gelaufen sein, steht in der geöffneten Tür und blickt stumm zu uns rüber. Meine Hand erstarrt in Jaspers Nacken, ich will mich von ihm lösen, er soll uns so nicht sehen – zu spät! Ben senkt den Kopf, schließt die Schuppentür hinter sich und schiebt – sicher lauter als unbedingt nötig – von außen den Riegel vor.

Ob Jasper mein Zurückweichen gemerkt hat oder ihn das metallene Geräusch des Riegels aufgeschreckt

186

hat, kann ich nicht sagen. Aber er dreht sich ruckartig um und starrt in Bens Richtung. Irgendwas geht in ihm vor. Ist es der Ausdruck in seinen Augen, der mich alarmiert?

»Alles okay bei euch?« Auch Ben scheint irritiert, dann besorgt, als er mein verzweifeltes Schulterzucken als Antwort erhält. Von Jasper kommt nichts: keine Antwort, kein Blick, keine Regung – nur stummes Starren.

Ich will ihn zurückholen, wo auch immer er gerade in Gedanken ist, und berühre Jasper leicht am Arm. Erst passiert gar nichts, dann geht er langsam auf Ben zu.

»Jasper?« Ich folge ihm, versuche, seine Hand zu erwischen. »Wart doch mal!«

Aber er geht einfach weiter, wie eine Maschine. Wird sogar schneller, seine Hände zu Fäusten geballt. Geht der jetzt auf Ben los?

»Jasper, was soll das?« Meine Stimme klingt schrill, als er plötzlich seine Fäuste hochreißt, das Gesicht vor Wut verzerrt.

»Ben!« Warum reagiert er denn nicht?

Doch bevor Jaspers Schläge ihn treffen, weicht Ben endlich zur Seite, lässt Jasper nicht aus den Augen und baut sich auf. Ich kenne diese Haltung von ihm, Tronco, wachsam und kampfbereit. Jasper hätte nicht den Hauch einer Chance! Doch seine Schläge prasseln

187

nicht auf Ben nieder, er geht die Tür an. Immer und immer wieder schlägt er auf sie ein und bearbeitet sie sogar mit seinem bandagierten Fuß. Die Schreie, die er dabei ausstößt, klingen grauenhaft: schmerzerfüllt und panisch. Fassungslos stehen Ben und ich daneben, ich kapier nicht, was hier abgeht, und bin wie gelähmt. Ich habe Jasper noch nie so ausrasten sehen.

Ben löst sich als Erster aus der Starre, greift Jasper von hinten und versucht, ihn von der Tür wegzuziehen. »Jasper, es reicht!« Auch in seiner Stimme höre ich Panik. Er bekommt ihn nicht unter Kontrolle, Jasper wehrt sich wie ein Irrer. Ben muss immer wieder ausweichen, nachgreifen, um nicht selbst was abzukriegen. Ich will nicht nur zusehen, renn hin, weiß aber nicht, was ich tun kann. »Jasper, hör auf!«, kreische ich los. »*Hör auf!*«

Ich sehe ein kurzes Flackern in seinen Augen, einen kurzen Moment des Zögerns, den Ben gleich nutzt. Er holt ihn von den Beinen, und Jasper landet unsanft auf der Erde, unfähig, weiter auszuteilen. Ich hocke mich zu ihm, rede irgendeinen Blödsinn auf ihn ein, möchte nur, dass er endlich wieder ruhig wird.

»Die Tür war zu!« Jaspers Atem zittert, seine Stimme ist brüchig. Immer wieder flüstert er den gleichen Satz: »Die Tür war zu! Die Tür war zu!« Dann beginnt er zu weinen.

»Hol Hilfe, Kim!« Ben hält ihn weiter fest, traut der

188

Ruhe noch nicht wirklich und fährt mich an, als ich nicht gleich reagiere: »Los, hol Hilfe!«

Wie denn? Wen denn? Meine zitternden Hände finden mein Handy nicht, können sie auch gar nicht, ich hab's im Auto liegenlassen. Doc? Bei dem Gedanken zieht sich bei mir alles zusammen. Sicher könnte er helfen, aber mein Instinkt sagt mir, dass wir jemand anderen brauchen. *Die Tür war zu!* Der Satz wiederholt sich wie eine Endlosschleife in meinem Kopf, während ich zum Auto laufe. Immer wieder schaue ich dabei zurück, stolpere über den Hof und sehe Bens Eltern aus dem Haus kommen. Sie haben den Lärm gehört, laufen auf Ben und Jasper zu, Hannes kommt ihnen nach.

Heitmeier! Ich weiß es in dem Moment, als ich zum Handy greife. Die Nummer muss noch in der Anrufliste sein, ich hab sie erst vor ein paar Tagen gewählt. Vorgestern? Oder war das schon am Sonntag? Egal! Es gibt nur eine Nummer ohne Namen, das muss sie sein. Ich brauch zum Glück nur auf *Anrufen* zu tippen, mehr hätten meine zitternden Hände nicht geschafft.

»Heitmeier?«, meldet sie sich.

Ich atme tief durch und versuche mich zu konzentrieren. »Du musst kommen! Jasper ist ausgetickt.«

»Kim?«

Heitmeier braucht mir zu lange. »Du musst zum Hof kommen!«, schreie ich sie an. »Jetzt!«

»Scheiße.« Kurze Pause, ich höre sie atmen. »Bin sofort da!«

Vor dem Schuppen steht nur noch Ben, blass und abgekämpft lehnt er an der Wand, die anderen sind nicht mehr da.

»Heitmeier kommt.« Ich lehne mich daneben. »Wo ist Jasper?«

»Drin.« Ben dreht den Kopf zu mir. »Meine Eltern haben ihn mit reingenommen.«

»Verstehst du, was hier abgegangen ist?« Auch ich drehe den Kopf, sehe ihn fragend an, er wirkt vollkommen erschöpft.

»Jasper ist eingesperrt worden.« Ben lässt den Kopf nach vorne sacken, ein Schauer packt ihn. »Jemand muss die Tür zum Heuboden verriegelt haben. Er konnte nicht raus aus den Flammen!«

Meine Beine knicken ein, ich verliere den Halt, rutsche kraftlos an der Schuppenwand runter und schlage die Hände vors Gesicht. Mein Kopf malt Bilder, die ich nicht sehen will. Wer war das?

»Jasper glaubt, dass ich es war.« Ben antwortet auf meine Gedanken, rutscht ebenfalls runter und bleibt neben mir auf dem Boden sitzen.

»Blödsinn!« Ich nehme die Hände vom Gesicht und schüttle immer wieder den Kopf. Kann er ja gar nicht! Wann denn? Wir waren zusammen, bis zum Feuer.

Dann ist Ben zum Haus rübergelaufen, um Hilfe zu holen, ich zur Party zurück, um den anderen … Mein Herz setzt kurz aus. Hat er die Minuten genutzt, um … *Nein.* Ganz klar: nein. Ich schaue zu ihm rüber und blicke in sorgenvolle blaue Augen. Blaue Augen mit grünen Sprenkeln. »Ich weiß, dass du es nicht warst, Ben.«

Ben legt vorsichtig seine Hand auf mein Knie. »Danke.«

Ich nehme sie mir, seine Hand, und unsere Finger umschließen sich fest.

Es ist so still – jetzt.

Ein paar Vögel picken auf dem Hof rum, sie scheinen uns gar nicht wahrzunehmen und trauen sich ziemlich dicht ran. Es sagt ja auch keiner was, wir sitzen beide völlig verstummt nebeneinander, die Köpfe erschöpft an die Schuppenwand gelehnt.

Die Vögel bemerken das Blaulicht als Erste, flattern erschrocken hoch, und auch wir stehen auf. Ben geht ins Haus und ich Heitmeier entgegen.

Sie kommen zu dritt. Bad Cop kenne ich, die Frau daneben nicht.

»Was ist los, Kim? Wo ist Jasper?« Heitmeier schaut sich auf dem Hof um, die Stille hat wirklich was Gespenstisches.

»Jasper ist drinnen, Bens Eltern haben ihn beruhigen können.«

Heitmeier mustert mich streng und zieht mich dann zur Seite. »Ihr geht schon mal rein«, befiehlt sie ihren Kollegen. »Und wir zwei, wir reden.«

Dass ich am Ende bin, muss ich ihr zum Glück nicht sagen. Sie steuert die Bank unter dem Baum an, setzt sich und wartet. Das mag ich an ihr, das Abwarten. Sie könnte mich auch mit Fragen bombardieren, mich in die Enge treiben oder mit Vorwürfen kommen. Stattdessen wartet Heitmeier neben mir, bis ich so weit bin.

»Ich weiß, dass es eine Scheißidee war. Aber ich dachte, es wäre eine Chance.«

»Das war keine Scheißidee. Es war nur beschissen, dass ihr es alleine durchziehen wolltet.«

Ich weiß, dass sie recht hat. Und trotzdem. »Es hat am Anfang aber alles toll geklappt.« Ich erzähle Heitmeier, dass Jasper sich erinnert hat: an den Abend, den Heuboden und daran, keine Lampe dabeigehabt zu haben.

»Gut!« Ich sehe Heitmeier nicken.

»Hätte euch das gereicht?«, frage ich.

»Sicher nicht. Aber es klingt glaubwürdig, so wie du es schilderst. Hätte auf jeden Fall für ihn gesprochen.« Heitmeiers Blick verändert sich jedoch schlagartig, als ich ihr von seinem Ausraster an der Tür berichte. Sie will genau wissen, welche Tür das war, und geht mit mir zum Schuppen. Sie schaut sich die Tür genau an, öffnet sie, schließt sie und holt dann ihr Handy aus der

Tasche, um Fotos zu machen. Der große Riegel hat es ihr besonders angetan. »Was genau hat er gesagt?« Sie lässt von der Tür ab und wendet sich wieder mir zu.

»Dass sie zu war. Mehr nicht. Das aber immer wieder.« Davon, dass er Ben verdächtigt, sage ich nichts.

Heitmeier dreht sich um und schaut Richtung Haus. Lange sagt sie gar nichts, sieht einfach nur geradeaus und denkt nach. Ihr Gesicht wirkt angespannt, ihre Augen wandern unruhig umher, bis sie plötzlich auf mir ruhen.

»Kim«, fängt sie an, zögert aber noch, bis sie weiß, was genau sie mir sagen soll. »Ich hoffe, du hast jetzt endgültig verstanden, dass das Ganze kein Spiel ist. *Halt–dich–bitte–da–raus.*« Sie kommt einen Schritt auf mich zu, drückt mich tatsächlich ganz kurz, bevor sie fortfährt: »Ich weiß, dass es unglaublich hart für dich ist. Und ich find's toll, wie du Jasper helfen willst. Aber …« Sie schluckt, und ihre Augen machen mich nervös. »Es geht jetzt um einen Mordversuch.«

Wie oft hab ich das Wort schon gehört, im Radio, im Fernsehen, wie oft in Zeitungen oder Büchern gelesen: Mord! Bisher konnte ich immer weghören oder umblättern. Es hatte nie etwas mit mir zu tun. Bis jetzt!

Heitmeier nimmt mich mit zum Haus, Frau Jeschke öffnet, und auch auf ihrem sonst so freundlichen Gesicht liegt ein Schleier aus Angst. Sie lässt uns rein, führt uns in die Küche, in der wir auf Ben und seinen Vater treffen. Sie sitzen wortlos am Tisch, schauen kurz auf, als wir reinkommen, aber mehr als ein Nicken haben sie für Heitmeier nicht übrig.

»Wo ist Jasper?«

Ben deutet mit dem Kopf auf die geschlossene Wohnzimmertür. Ich weiß nicht, ob ich mit reindarf, ob ich überhaupt mit rein möchte, aber Heitmeier gibt mir einen Wink und öffnet die Tür.

»… und ich weiß, dass er es gewesen ist!« Jasper redet gerade. »Räumt mich aus dem Weg, um Kim zu kriegen! Aber das kapiert sie nicht. Bei Ben ist sie schon immer ver…« Erst jetzt sieht er, dass auch ich im Türrahmen stehe, stockt, doch es ist zu spät. Wütend starre ich ihn an, möchte was sagen, bringe aber nichts raus.

Heitmeier geht zu ihren Kollegen, aber was sie besprechen, kann ich nicht hören. Jasper will aufstehen, zu mir kommen, doch meine abweisende Haltung scheint ihn zu stoppen. Ich will das jetzt nicht: vor mir Jasper, hinter mir Ben! Ich fühl mich total eingeengt.

»Du weißt doch, dass Ben ein Alibi hat, oder?« Es ist die Kollegin von Heitmeier, die das fragt und ihre Augen wachsam von Jasper zu mir wandern lässt.

Jasper kriegt die Blicke gar nicht mit, starrt nur auf den Boden und nickt zögernd.

»Das heißt ...« Sie holt tief Luft, schaut hilfesuchend zu Heitmeier, die sofort einspringt.

»Jasper? Schau mich an!« Ihr Ton ist fordernd und dringt durch, Jasper hebt müde den Kopf. »Glaubst du, dass Kim ihm ein falsches Alibi gegeben hat?«

Hinter mir ist die Wand, und meine Finger krallen sich hinein. Ich spüre den rauen Putz unter meinen Nägeln, sehe, wie Jaspers Augen zu mir fliegen, und warte. In mir ist nichts: kein Herzschlag, kein Puls, kein Atem.

»Nein.« Es klingt überzeugend, Jaspers Nein, dazu sein Kopfschütteln. Ich höre allgemeines Aufatmen im Raum, aber meins ist nicht dabei. Keiner hat es bemerkt, sein Zögern – nur ich.

Ich muss raus hier. Heitmeiers Nicken auf mein stilles Flehen nehme ich als Erlaubnis, stoße mich von der Wand ab und flüchte. Mir ist schwindelig, der Hof kreist vor meinen Augen, wahrscheinlich sollte ich mich besser irgendwo hinsetzten. Aber ich will nach Hause. Nee, das stimmt so nicht. Ich will hier weg.

Hinter mir höre ich Schritte, jemand ruft meinen Namen, aber meine Augen starren nach vorn, ungläubig auf das Auto gerichtet, dass die Einfahrt entlangkommt und auf dem Hof stehen bleibt. Wer hat den denn gerufen? Ich brauch ihn nicht. Nicht seine Worte, nicht seine Pillen und schon gar nicht seine Arme.

Und doch liege ich plötzlich drin, werde von ihnen gehalten und lasse es zu.

»Woher weißt du …?«, frage ich leise.

»Jasper hat angerufen. Ist er drinnen?«

Ich nicke und löse mich aus Papas Armen. Er ist wegen Jasper da, nicht meinetwegen.

»Ich fahr dann mal«, höre ich mich sagen, angle den Autoschlüssel aus meiner Hosentasche und drehe mich weg.

»Ganz sicher nicht!« Bens Stimme ist fest, klar und signalisiert: Widerrede zwecklos. Er steht vor mir, hält die Hand auf, wartet auf den Schlüssel. »Ich fahr dich.«

Für Papa eine Scheißsituation, ich sehe richtig, wie er kämpft. Wäre ja eigentlich sein Job, sich um seine Tochter zu kümmern. Aber da drinnen wartet Jasper. Ist halt blöd, wenn man nur 'ne Tochter hat und die dann auch noch so 'ne Niete ist.

Ben macht dem Ganzen ein Ende, nimmt meine Hand und zieht mich weg. »Komm.«

»Ben!«

Ben bleibt genervt stehen, dreht sich um, und ich spüre, wie er sich versteift. Auch ich schau zurück und verstehe: Mein Vater hat sein Portemonnaie gezückt und kramt nach einem Schein. »Nimm dir dann ein Taxi zurück«, weist er ihn an und kriegt nicht mit, dass Ben – und vor allem wie Ben – auf ihn zugeht.

»Vorsicht!«, zischt Ben drohend. »Ganz vorsichtig!«
Er hat sich vor meinem Vater aufgebaut, überragt ihn
um einige Zentimeter, und doch ist es nicht das, was
Doc so klein erscheinen lässt. »Ich bring Kim nach
Hause, weil ich es *will*. Nicht als Fahrdienst für dich.
Verstanden?«

Als ich die Beifahrertür öffne, fallen mir Jaspers
Krücken entgegen. Wollte er vorhin nicht dabeihaben.
Und jetzt? Ich kann sie ja nicht mitnehmen, er braucht
sie doch! Reinbringen will ich sie ihm aber auch nicht.
Ben schaut mich fragend an, er hat mich über das Au-
todach beobachtet und wartet. Aber ich schüttle den
Kopf. Du auch nicht, Ben. Du ganz sicher nicht!

Ich hebe die Krücken auf, gehe zur Bank rüber
und lege sie dort ab. Im Auto schreibe ich Jasper kurz
eine Nachricht. *Ich kapier ja nicht viel, wie du vorhin so schön gesagt hast. Aber dass du deine Krücken
brauchst, schon. Sie liegen auf der Bank im Hof.*

Jasper! Der Tag heute sollte es bringen. Er sollte
wieder Ordnung schaffen. Wie dumm gedacht. Vor allem – wie kurz gedacht. Es hätte uns doch klar sein
müssen, dass seine Erinnerungen nicht nur ihm helfen,
sondern gleichzeitig für neues Futter sorgen würden:
für neue Spekulationen, für neue Verdächtigungen.

Jasper ist raus, das hat geklappt. Dafür ist Ben wieder drin – in der Scheiße. Und ich? Voll dazwischen
und mittendrin!

Ich strecke meinen Kopf durchs offene Fenster, halte mein Gesicht in den Fahrtwind und fange an zu heulen.

Ben lässt mich in Ruhe. Erst als er in unserer Einfahrt den Motor abstellt, schaut er zu mir rüber, lächelt und deutet zur Taschentuchpackung, die vor mir auf der Ablage liegt.

»Ist bei euch jemand zu Hause?«

»Was ist'n heute?«, frage ich, schnäuze geräuschvoll und versuche, mein Gesicht wieder tränenfrei zu kriegen.

»Mittwoch.«

Mittwoch? Jasper und ich wollten doch heute Abend ins Kino. Die Karten hatte ich am Freitag noch schnell bestellt und ausgedruckt, bevor ich auf die Party gegangen bin. Kommt mir alles so weit weg vor.

Aber Mittwoch ist gut. Mama ist bis nachmittags weg, und Papa …

»Ist keiner da«, antworte ich und zieh mir die Ärmel von meinem Sweatshirt über die Hände. Ich fröstle. Ich bin müde. Ich möchte schlafen.

Ben bringt mich noch rein, sogar hoch aufs Zimmer. Möchte wohl sichergehen, dass ich auch wirklich dort lande – in meinem Chaos! Aber vor Ben ist mir das egal. Ihm wohl auch. Er steigt sicher über die Klamottenberge auf dem Boden, macht die Vorhänge zu und kommt zu mir ans Bett.

Ich sehe ihn noch lächeln, als er meine Capoeira-Wand entdeckt, dann fallen mir die Augen zu. Aber ich spüre ihn neben mir, seinen Arm, der mich hält, und ich höre ihn flüstern: »Ich gehe erst, wenn du schläfst.«

»KIM, bist du wach?«

Blöde Frage! Klar bin ich das, ich hab die ganze Nacht nicht geschlafen. So fühlt es sich zumindest an. Mein Kopf dröhnt, und meine Augen brennen vom stumpfen Aus-dem-Fenster-Gestarre. Kann Mama nicht wissen, aber hätte sie sich denken können, oder?

Es geht jetzt um einen Mordversuch! Nicht gerade der Text von 'nem Schlaflied!

»Kim, du hast Besuch.«

Hatten wir das nicht schon mal? Genau diese Szene? »Vergiss es.« Ich kenn meinen Text noch. Hoffe aber, dass heute unten keine Bullen sind. Auch nicht Jasper. Schon gar nicht Emma … Bleiben nicht so viele. Mir wird übel. Hat Papa mir wieder was eingeschmissen?

»Sam ist da.«

Mit diesem Satz lässt sie mich allein, und ich atme auf. Sam! Sie ist außer Ben die Einzige, die ich im Moment gut um mich haben kann. Schon komisch, aus alt wird neu. Recycelte Freundschaft – geht das?

Sie war gestern Abend noch bei mir. Kam grinsend mit zwei Flaschen unterm Pulli in mein Zimmer. Die dumme Nuss. Aber: Bacardi-Feeling und Sam. Tat gut …

»Du siehst scheiße aus«, stellt Sam fest, als ich ein paar Minuten später in die Küche komme. Die Espressotasse vor ihr verrät mir, dass sie Papa noch gesehen haben muss, bevor er zur Klinik gefahren ist. Bei Mama gibt's nur Tee.

»Hast du hier gefrühstückt?« Für den Satz brauche ich drei Anfänge, meine Stimme ist noch nicht ganz da.

»Nö, aber ich hab das jetzt vor mit dir.«

Essen? Uäh! Aber Koffein muss rein. Ich will grad die Maschine einschalten, als Sam mir dazwischenfunkt. »Lass, Kim. Ich hab drüben schon alles hingestellt.« Ihr Kopf nickt Richtung Nachbarhaus.

Drüben? Klingt super. Dann bin ich wenigstens meine Mutter los.

»Willst du 'nen Kaffee?« Sam ruft schon aus der Küche, als ich noch bei ihr durch den Flur schleiche. Gedeckte Frühstückstische hasse ich eigentlich wie die Pest. Jasper hat früh lernen müssen, dass ich auf so einen Heile-Welt-Kram nicht stehe. Und sollte das mit Sam und mir längerfristig wieder was werden, muss ich ihr das auf jeden Fall bald stecken.

Aber in der Küche ist gar nichts gedeckt. Essen wir draußen?

Sam sieht meinen suchenden Blick und lacht laut auf. »Du hast das jetzt nicht wirklich geglaubt, oder?«

Ich schüttle den Kopf, aber sie nimmt es mir nicht ab. Das sehe ich.

201

»Frühstück mach ich erst, wenn ich Oma bin. Das hab ich mir geschworen. Aber einen Kaffee kannst du haben. Willst du?«

Ich nicke und schaue in den Kühlschrank. Hab jetzt doch irgendwie Hunger.

»Hast du noch was von Jasper gehört?«, fragt mich Sam und stellt unseren Kaffee draußen auf den Tisch.

»Nö.«

»Bist du noch sauer?«

»Weiß nicht.«

Ich bin so ziemlich alles: sauer, enttäuscht, traurig.

Immerhin verdächtigt er Ben. Und mich!

So kam das jedenfalls gestern für mich rüber. Und geklärt hat er noch gar nichts … Wie auch? Seine Anrufe hab ich weggedrückt. Für mich gibt's grad nichts zu reden. Er vertraut mir nicht mehr. Was soll das dann noch?

Das Gleiche habe ich Sam gestern Abend schon versucht zu erklären, und ich hab grad echt keinen Bock, alles noch mal durchzukauen. Sie sieht das anders. Meint, Jasper sei einfach durch den Wind gewesen. Und dazu sicher tierisch eifersüchtig.

Kann sein, kann aber auch nicht sein. Ich bin müde. Und – ich hab Angst.

Es geht jetzt um einen Mordversuch!

Der Satz klebt in mir wie Kaugummi.

»Ich war gestern bei Kalle.«

»Wo warst du?«

»Hey, Kim! Aufwachen!« Sam wedelt mir mit der Hand vor dem Gesicht rum. »Du hast mir gestern doch die Binde gegeben und gefragt, ob ich sie schnell noch bei diesem Kalle vorbeibringen kann. Ich wollte ja eh noch in die Richtung, und …«

»Stimmt.« Irgendwann brauche ich echt mal Zeit, das Chaos im Kopf zu sortieren. »Hat's denn geklappt?«.

»Kalle hab ich nicht gesehen. Aber dafür Tina. Der habe ich sie gleich in die Hand gedrückt.«

»Woher kennst du sie denn?«

»Ich war früher mit ihr im Konfirmandenunterricht. Fand sie eigentlich immer ganz nett. Aber ihr zwei …« Sam macht eine komische Pause. »Ihr mögt euch nicht so, oder?«

»Wieso? Sollst du mich nicht lieb von ihr grüßen?«

Auf meinen spöttischen Unterton reagiert sie nicht, sondern zieht ihren Stuhl näher an den Tisch und beugt sich zu mir rüber. »Hast du ein rotes Shirt?«

»Wieso?«

»Tina hat da gestern in der Vereinskneipe gesessen mit ihrer Clique und hat sich wichtig gemacht und alles Mögliche erzählt. Unter anderem, dass Jasper sich wohl langsam an alles erinnert. Vor allem an was Rotes. Ein Shirt, einen Pulli oder so.«

203

»Was?« Jetzt ist mir kalt. Aber so richtig. Die Gänsehaut kommt von unten – über die Beine, über die Arme, bis hin zum Nacken. »Woher weiß sie das?« Meine Stimme zittert, wie alles an mir. Ich habe ein weißes Shirt angehabt. Aber: Ich weiß, wer was Rotes anhatte …

»Von ihrem Freund. Jan heißt der, oder?« Sam schaut mich fragend an, und ich versuche zu nicken. Scheint geklappt zu haben, denn Sam redet weiter.

»Also, Jan hat gestern Abend wohl noch Jasper besucht. Da muss er es ihm erzählt haben. Er hat … Alles okay mit dir?« Ich höre ihre Frage. Ich sehe auch Sams Gesicht. Ich sehe, dass sie aufsteht und zu mir rüberkommt. Aber ich kann nicht antworten. Alles verschwimmt so komisch, zieht sich wie ein dicker Brei zusammen und rauscht wie 'ne Achterbahn durch meinen Kopf.

Sam spricht weiter zu mir, ich kann sehen, wie sich ihre Lippen bewegen. Aber das Rauschen ist zu laut, übertönt jedes Wort. Ihre Hände berühren meine Schultern und ziehen mich hoch. Ich versuche, aufzustehen – wackelig! Aber die Hände stützen mich, helfen mir rüber zur Sonnenliege und legen Kissen unter meine Beine.

Wenn Jasper das mit dem roten Pulli auch den Bullen erzählt hat …

Ich darf jetzt nicht wegkippen!

Das Glas Wasser, das Sam mir hinhält, trinke ich in einem Zug aus. Ihr sorgenvolles Gesicht versuche ich dabei zu ignorieren. »Ey, entspann dich! Ich hab nur noch nichts gefrühstückt.« Mein Lächeln gelingt, auch wenn die Mundwinkel dabei noch zittern.

»Wer's glaubt …« Sam schüttelt den Kopf und schiebt sich eine zweite Liege ran. »Du weißt genau, wer was Rotes anhatte, oder?«

»Und wenn schon. Das beweist noch gar nichts. Ich meine, nur weil Jasper irgendwas gesehen hat, muss das ja nichts heißen. Und auf Spekulationen hab ich keinen Bock.«

Mein Kopf aber schon. Ständig malt er mir ein Bild: Ben mit seinem roten Capoeira-Pulli.

»Hat Tina sonst noch was Sinnvolles rausgebracht?«

Sam hält sich die Hand über die Augen und blinzelt zu mir rüber. »Weißt du eigentlich, wie die dich nennen, da in der Clique?«

»Schlampe?«

»Nö.«

»Will ich das wissen?«

»Klar.« Sam grinst. »Sie nennen dich Heuschrecke!«

»Geht doch.« Find ich jetzt echt. Erinnert mich an Flipp.

»Ich hab erst gar nicht kapiert, warum sie dich so nennen. Aber Tina war so lieb, es mir lang und breit zu erklären.«

»Für mich die Kurzform, bitte.« Ich stehe vorsichtig auf, strecke mich und versuche, die weichen Knie unter Kontrolle zu kriegen. »Ich muss nämlich los.«

»Ihr hattet das Thema Heuschrecken wohl früher mal in Bio. Und da waren sie sich dann einig, dass du zu dieser Gattung gehörst.«

»Weil ich 'ne Plage bin, oder was?«

»Nee, sie finden, du bist einfach eine. Hüpfen, Springen, Saltos, das kannst du. Aber außer Capoeira hättest du nur Heu und Stroh im Kopf. Noch Fragen?«

»Gar nicht so doof, oder? Ich mein, da gab es echt schon Heftigeres.« Ich dreh mich um und gehe ins Haus, durch den Flur zur Haustür.

Sam folgt mir, kichert plötzlich, und ich schau sie an. »Was?«

»Doof war es eher für Tina nachher!«

»Wieso?« Ich muss lachen, obwohl ich noch nicht weiß, was passiert ist. Sams Lachen hat mich schon immer angesteckt.

»Na ja, irgendwann war sie ja mal fertig damit, über dich abzulästern. Und da hab ich ihr die Kapitänsbinde gegeben. Ey Mann, die hat geguckt! Ich hab ihr noch schöne Grüße von dir ausgerichtet und ...« Sam guckt kurz auf den Boden, dann wieder zu mir. »Und ihr gesagt, dass ich die Heuschrecke mag!«

Sarah Alexandra Martens ... Wo warst du die letzten Jahre?

Ich drücke sie kurz, so von der Seite – ganz leicht. Dann suche ich umständlich meine Hosentaschen ab, finde nicht das Gewünschte und ziehe entschuldigend die Schultern hoch. »Sorry, Kleines! Meine fünfzig Euro muss ich dir später geben!«

»Mach, dass du hier rausgehüpft kommst, du Ungeziefer!«

Nur ein schneller Sprung zur Seite rettet mich vor Sams Angriff, ihr Tritt verfehlt mein Schienbein, dafür verfolgt mich ihr lachendes Gemotze bis zur Gartentür. Als ich sie hinter mir schließe, schau ich noch mal zurück. Sams T-Shirt hat einen roten Aufdruck, ist mir bisher gar nicht aufgefallen, erinnert mich jetzt aber daran, dass ich sie noch was fragen wollte. »Wieso wolltest du vorhin eigentlich wissen, ob *ich* was Rotes hab?«

Sam kommt ein paar Schritte auf mich zu und streicht sich ein paar Ponysträhnen zurück, die ihr Pferdeschwanz verloren hat. »So wie die gestern drauf waren, Tina und ihr Anhang da … Ich glaub, wenn die könnten, würden die dich zu gerne plattmachen. Ehrlich! Und so 'n roter Pulli … wär doch die Chance, dich anzuschwärzen.«

BEI uns im Haus ist es totenstill, Mama ist auch irgendwohin gefahren, ihr Auto stand nicht mehr in der Einfahrt. Dafür lieg ein Zettel auf dem Küchentisch. *Jasper hat angerufen.*

Wie, Emma nicht? Komisch, macht sie doch seit zwei Tagen ständig!

Wär ja super, wenn sie endlich gecheckt hätte, dass wir nichts mehr zu reden haben.

Dafür Jasper und ich umso mehr. Aber nicht am Telefon. Ich muss ihn sehen, möchte klären, was das gestern sollte, und ... ich möchte fühlen, was noch ist.

Ich schnapp mir meine Tasche, schmeiß den Schlüssel rein und schwing mich aufs Rad. Zwanzig Minuten brauch ich sicher, bei der Hitze purer Selbstmord. Aber Busfahren genauso – und sterben tue ich dann doch lieber im Freien.

Schon nach den ersten hundert Metern klebt mir das T-Shirt am Rücken. Und doch tut es mir gerade gut, heftig in die Pedale zu treten. Ich kämpfe um jeden Meter. Ich kämpfe mit der Hitze, mit dem Anstieg und gegen das Chaos in meinem Kopf.

Komisch, dass ich vorhin so geschwächelt habe. Umkippen ist für mich echt was Neues – seit dieser Woche. Sollte ich mir gar nicht erst angewöhnen. Aber das mit dem roten Pulli ... und Ben ...

Ist er doch noch mal zum Schuppen zurück?

Hat er den Riegel zugeschoben? Nein!

Ich bin oben angekommen, nehme die Hände vom Lenker, lasse das Rad laufen und genieße den warmen und doch frischen Fahrtwind auf meinem verschwitzten Gesicht.

Ich bin sicher nicht die Cleverste, aber in Menschen habe ich mich eigentlich selten getäuscht.

Jasper liegt im Innenhof auf unserer Paletten-Schaukel. Wir haben sie letztes Jahr gebaut und an die alte Eiche neben der Werkstatt gehängt. Auf dem Hof unser absoluter Lieblingsplatz. Jasper telefoniert, hört aber auf, als er mich sieht, lächelt und setzt sich auf. Ich geb der Schaukel einen Schubs, steig auf und setz mich neben ihn. Unser Begrüßungskuss fällt kurz aus, ich glaube, keinem von uns beiden schmeckt er richtig. Wir müssen reden, keine Frage. Aber ich find den Anfang nicht.

Jasper nimmt sich meine Hand, spielt mit meinen Fingern. Ich lasse ihn. Beobachte ihn dabei. Er ist versunken in seine Gedanken. Sein Kopf ist gesenkt, leicht zur Seite gekippt, ich sehe, wie er auf der Unterlippe kaut – und mich plötzlich vorsichtig anlächelt, als er meinen Blick bemerkt. Wie kann ich sauer sein? Ich mag ihn einfach zu sehr!

»War grad dein Vater«, meint er und nickt zu seinem Handy. »Wollte wissen, wie es so geht.«

»Seit wann hast du eigentlich seine Nummer?«
Papa hält schon seit Jahren seine Nummer top secret:
Streng limitiert und nirgendwo zu finden.

Jasper zuckt mit den Schultern. »Ich glaub, als es
um die Unis ging, hat er sie mir gegeben. Ich hatte ein
paar Fragen wegen der Bewerbungen. Hätte ich dir das
sagen sollen?«

In seiner Stimme ist nichts Ironisches, nichts Provo-
zierendes, nur Unsicherheit.

»Sollen nicht.« Ich kann ihm nicht böse sein. »Mir
gefällt es nur nicht.«

»Was genau gefällt dir nicht?« Jetzt klingt er doch
ein wenig genervt. »Dass ich sie habe oder dass ich es
dir nicht gesagt habe?«

»Dass du die Nummer hast. Dass ihr telefoniert.
Dass ihr euch versteht.« Ich nehme mir meine Hände
zurück, brauche sie jetzt zum Reden – werde laut.
»Weißt du, ich halte Abstand, freue mich drauf, ihn
bald los zu sein, und du … du kommst ihm immer näher. Das ist doch scheiße!«

Jasper schüttelt den Kopf. »So richtig kapier ich immer noch nicht, was das zwischen euch ist. Noch nicht
mal nach zwei Jahren.« Jaspers braune Augen haben
einen traurigen Glanz, als sie mich treffen. »Er macht
vieles falsch, das weiß ich. Ist oft nicht da, sagt manchmal Sachen, die blöd sind und dich treffen. Okay. Aber
ey, du hast wenigstens noch einen Vater!«

Ich könnte auf den verzichten, würde ich gern sagen, halte aber lieber die Klappe. Wär unfair Jasper gegenüber, außerdem … Denkt man vielleicht doch anders, wenn jemand plötzlich echt nicht mehr da ist? Jaspers Vater hab ich nie kennengelernt, der Unfall ist schon viel früher passiert. Aber er war toll, sagt Jasper.

»Vielleicht können wir uns darauf einigen, dass er …« Ich komme nicht weiter, Jaspers Handy klingelt, er schaut drauf und hält den Finger an die Lippen, als Zeichen, dass ich still sein soll.

»Hallo, Frau Heitmeier«, meldet er sich, schaut zu mir rüber und legt das Handy vor sich auf die Schaukel. Es ist laut gestellt.

»Hallo, Jasper«, höre ich Heitmeier deutlich und merke, wie sich in mir alle Muskeln anspannen. Blödes Papa-Gequatsche! Heitmeiers Stimme erinnert mich schlagartig wieder daran, worum es gerade wirklich geht.

»Ich wollte mich nach gestern noch mal melden. Geht es dir gut?«

»Alles okay so weit.«

»Schön zu hören.«

Stille. Jasper schaut zu mir rüber und zuckt mit den Schultern. Wartet sie auf irgendwas? Keine Ahnung, signalisiere ich ihm und muss aufpassen, dass ich nicht lache, als Jasper anfängt, Grimassen zu schneiden.

»Sag mal, Jasper, ist Kim bei dir?« Mein Lachen erstirbt, manchmal ist mir die Frau echt unheimlich. Ich will grade abwinken, aber Jasper hat sich schon wieder über das Handy gebeugt. »Kim? Nö. Warum?« Er grinst schief zu mir hoch, und mein Herz hüpft kurz.

»Ich muss mit ihr reden, erreiche sie aber weder zu Hause noch auf ihrem Handy.«

Echt? Ich greife in die Tasche hinter mir und fühle nur meinen Schlüssel. Hab's wohl vergessen – aber gut so! Hätte null Lust, mit der zu quatschen. Worüber auch?

»Ich sag ihr, dass sie sich melden soll. Wenn sie kommt, okay?«

Ich halte Jasper anerkennend den Daumen hoch. Er macht das gut – fast erschreckend gut, finde ich.

»Das wär nett, Jasper. Es ist wichtig.«

»Worum geht's denn?«

Heitmeier räuspert sich, und ich halte die Luft an. Wenn die ihm jetzt was sagt, zieh ich sie durch den Hörer! Bei mir auf mörderwichtig machen und hier was rauslassen? Wie unfair wär das denn?

»Ist dir neben dem, was du gestern schon erzählt hast, noch was eingefallen?«

Ich lasse die Luft wieder fließen. Schwein gehabt, Heitmeierchen.

»Nein, nichts weiter«, antwortet Jasper kopfschüttelnd und zwinkert mir zu. »Aber wenn, ruf ich sofort an.«

»Mach das. Bis dann.« Heitmeier legt auf und hinterlässt bei mir das Gefühl, ihm das mit mir nicht geglaubt zu haben.

»Die taucht hier sicher gleich auf.« Jasper denkt wohl das Gleiche. »Und da ich annehme, dass du keinen Bock auf sie hast, solltest du vielleicht besser verschwinden, oder?«

Ich nicke, bleibe aber noch sitzen. Das mit dem roten Pulli oder was auch immer es war, möchte ich gerne noch klären.

»Willst du mir nicht auch kurz von deinen neuen Erinnerungen erzählen?«, frage ich möglichst ungezwungen, muss aber deutlicher werden, weil Jasper mich nur fragend anschaut. »Du hast rot gesehen, habe ich gehört?«

Jasper legt sich zurück, verknotet seine Hände im Nacken und starrt in den Himmel. »Von wem hast du die Info?«

»Na ja, gibt doch eigentlich nur drei Möglichkeiten, um 'ne Message möglichst schnell zu verbreiten: Schick sie in die Gruppe, poste sie auf facebook, oder – sag es Tina!«

Stille. Jasper hat seine Augen geschlossen – fast so, als würde er schlafen. Tut er aber nicht, ich sehe, wie seine Zähne aufeinandermahlen und er kaum sichtbar immer wieder ganz leicht seinen Kopf schüttelt. Als er anfängt zu reden, muss ich gut hinhören, so leise spricht er. »Ich hab Jan gesagt, er soll den Mund halten. Ich hätte ihm eigentlich gar nichts erzählen dürfen. Ich hab gedacht …« Er schaut mich an, und in mir zieht sich alles zusammen: In Jaspers Augen sehe ich Tränen – zum ersten Mal! »Ich hab gedacht … Kann ich denn grad keinem mehr vertrauen?«

Ich weiß nicht, ob er damit auch mich meint.

Es ist so viel passiert, dass ich gar nicht mehr weiß, wo wir überhaupt stehen.

Trotzdem lege ich mich neben ihn, überlege, wie eng ich mich ankuscheln darf, als Jasper sich zu mir dreht, mich mit beiden Armen an sich zieht und ganz fest umschließt. »Ich hab Angst, alles zu verlieren.«

Ich spüre, dass er damit auch mich meint. Was totaler Blödsinn ist. Genauso Blödsinn wie die Tränen, die mir grad hochsteigen. Ich möchte ihm das sagen, mit ihm über uns reden – stattdessen rede ich über Jan. »Du hättest es mir doch auch gesagt. Ich meine, wenn Jan dir so was erzählen würde, hättest du doch auch mit mir darüber gesprochen. An deiner Stelle wär ich nicht sauer auf Jan, ich wär sauer auf Tina. Sie ist doch die Schlange. Die es dann auch gleich ganz groß weitertratschen muss.«

Jasper dreht sich auf die Seite, stützt sich mit einem Ellenbogen ab und schaut auf mich runter. »Und du?«

»Ich hab nichts weitergetratscht. Wem auch?«

Ich höre, dass Jasper leise lacht, sehen kann ich es nicht. Ich hab die Augen zu. Jasper zeichnet Linien in mein Gesicht, ganz leicht mit seinem Finger: über die Nase, über die Stirn, über meine Wangen. Das fühlt sich an wie Sonnenstrahlen. Und ich liege ganz still, sage kein Wort – bloß nicht aufhören!

»Bist du nicht sauer?«

»Wieso?«

»Meine Erinnerung bringt Ben in Schwierigkeiten.«

Die Sonne ist weg – Jasper hat mit dem Zeichnen aufgehört, sich wieder hingelegt. Mir wird kalt. Den Namen Ben mag ich aus Jaspers Mund nicht hören.

»Muss ja nicht sein Pulli gewesen sein. Andere hatten sicher auch was Rotes an.« Auch wenn mir grad niemand einfallen will.

Jasper sagt nichts, starrt nur in den Himmel.

Blau – keine Wolke, kein Vogel, nichts. Nichts, was man mit den Augen verfolgen könnte. Nichts, was vom Blau ablenken könnte. Oder von den Gedanken. Mir ist es zu still.

»Hannes hat doch viele Fotos gemacht. Vielleicht können wir auf …«

»Es war nicht irgendein rotes Oberteil.« Jaspers Stimme klingt stumpf. Ich will ihm am liebsten den Mund zuhalten, ich weiß, was jetzt kommt. Aber ich kann mich nicht bewegen, bin wie eingefroren. Nur meine Augen gehorchen noch, flehen ihn an, nicht weiterzusprechen. Aber er kann es nicht sehen. Er schaut nicht mich an, starrt noch immer nach oben und redet weiter. »Ich sehe immer wieder seinen Capoeira-Pulli. Das Zeichen von eurem Verein.« Dann kommt nur noch ein Flüstern über seine Lippen – ein geisterhaftes: »Und ich sehe ganz viele Flammen.«

»Du willst das un…« Mein Mund ist trocken, mir bricht die Stimme weg und ich muss mehrmals schlucken, um weitersprechen zu können. »Du willst unbedingt, dass er es war, oder?«

»Nein. Aber ich weiß, was ich gesehen habe.«

»Du weißt aber auch, was ich gesagt habe, oder?« Ich klinge sehr scharf. Ist aber auch so gewollt, und ich genieße es fast, dass Jasper zusammenzuckt. Immerhin erreiche ich damit, dass er mich wieder anschaut. »Wie soll er das gemacht haben? Kannst du mir das bitte mal erklären? Er war *bei mir*!«

»Schrei mich nicht an!« Jaspers Augen blitzen jetzt zornig, und ich sehe, dass er sich zusammenreißen muss, um nicht auch laut zu werden. »Ich weiß, dass ihr zusammen wart. Glaub mir, das Bild von euch beiden krieg ich so schnell nicht mehr aus dem Kopf. Aber vielleicht strengst du dich mal an und überlegst, ob es nicht doch kleine Lücken in eurem … in eurem Zusammensein gab?«

Ich kann nicht mehr neben ihm liegen, stehe auf und

springe von der Palette. Ich brauche Bewegung und …
Abstand. Mein Fuß malt Kreise in den Kies, Jasper
kann ich grad nicht anschauen. »Und diese kleinen
Lücken – wie du sie nennst – hat er dann genutzt, um
die Hütte in Brand zu setzen und dich einzuschließen,
oder was? So ein Schwachsinn!«

»Denk doch mal nach, Kim!« Jasper gibt nicht auf.
»War er nicht mal weg? Vielleicht, um Bier zu holen oder so? Ihr hattet doch Flaschen mit draußen,
oder?«

Ben war mal drinnen, um Nachschub zu holen. Ja.
Und als das Feuer ausbrach, bin ich nach vorne und
er ins Haupthaus. Das sind kleine Lücken. Aber die
hätten nie gereicht. *Nie.*

»Aber wieso? *Wieso* hätte Ben das machen sollen?«
Frag ich das Jasper oder eher mich selbst?

»Du hast doch gehört, dass die Probleme mit dem
Hof haben. Dass Ben da irgendwie querschießt.
Und … dass er dich mag, weiß ja mittlerweile wohl
auch jeder!« Jasper kommt zu mir runter. »Aber lassen wir das die Polizei klären, okay? Ich möchte mit
dir …« Er stockt, schaut mich verwirrt an, denn ich
habe seinen Arm von meiner Schulter genommen. Ich
will den jetzt nicht, fühlt sich zu sehr nach Verrat an.
Verrat an Ben.

»Diese Erinnerung von dir … Du siehst den Pulli,
und du siehst Flammen, hast du gesagt. Aber …

217

Kann es nicht sein, dass du da einfach Bilder im Kopf mischst? Ich meine, wieso glaubst du oder die Polizei, dass ihr damit den Täter habt?«

Jasper sitzt wieder auf der Schaukel, greift vor sich in den Kies und wirft kleine Steinchen in den Blecheimer an der Schuppentür. Bei jedem Treffer höre ich ein ganz leises Platschen. Scheint Wasser drin zu sein. »Ich darf nichts mehr sagen.« Ihm gefällt das selbst nicht, was er da sagt. Ich höre die Verzweiflung in seiner Stimme, sein Gesicht kann ich nicht sehen. Er hat den Kopf zwischen den Händen vergraben, als wollte er sich schützen vor dem, was jetzt kommt. Aber ich greif nicht an, hab keine Kraft mehr dazu. Zum Aufstehen schon.

»Du weißt, dass ich auch so einen Pulli habe, oder?«

»Weiß ich. Aber zum Glück an dem Abend ja nicht dabei!«

»Nein.« Moment … Scheiße, doch! Ich hatte den Pulli nicht an. Aber ich hatte ihn dabei. Im Fahrradkorb, glaube ich. Oder auf der Bank – draußen? Ich weiß es nicht.

Ich muss jetzt hier weg. Das weiß ich, drehe mich um und gehe.

»Wo willst du hin?« Ich zucke nur mit den Schultern. Keine Ahnung.

»Kim?« Jasper humpelt mir hinterher und hebt verzweifelt die Arme. Ich sehe die Frage in seinen Augen, habe aber keine Antwort für ihn. Ich weiß nicht, wie es weitergeht.

Rechts geht es nach Hause, links zu Ben. Ich muss mit ihm reden, ihn warnen … Quatsch – ich will ihn einfach gerne sehen. Ob er zu Hause ist? Mein Handy hab ich ja blöderweise nicht dabei.

Ich biege links ab.

Hannes hab ich gar nicht gesehen, er mich aber zum Glück. Ich höre seinen Schrei, sehe, wie er den Lenker rumreißt und nach den Bremsen greift. Kurz vor mir kommt er zum Stehen.

Und ich? Ich zucke nicht mal mit den Wimpern. Ist in mir alles abgestorben?

Hannes guckt mich entgeistert an. »Bei dir noch alles normal?«

»Weiß nicht. Und bei dir?«

Als Antwort bekomme ich nur ein verständnisloses Kopfschütteln. »Nimm lieber den Bus. Nicht, dass du auch noch auf den Kopf fällst.«

»Du Arschloch!«, fauche ich, schmeiße mein Rad hin und gehe drohend auf ihn zu. So viel zu der Frage, ob ich noch fühlen kann! Hannes schiebt rückwärts, ich sehe ihm an, dass er mit allem rechnet. Trotzdem macht er den Mund auf. »Mach ruhig, Kim! Schlag zu! Dank euch gehen die Bullen bei uns ja eh ein und aus. Interessiert sie sicher: Kratzer, blaue Fle-

219

cken …« Provozierend streckt er mir sein Gesicht entgegen.

»Du hast recht.« Meine Stimme klingt sanft. Ich gehe weiter auf ihn zu, lächle dabei sogar freundlich, nur meine Hände verstecke ich lieber in den Hosentaschen. Denen traue ich nicht. »Schlechtes Timing, das stimmt«, flüstere ich, als mein Gesicht nur noch eine Handbreit von seinem entfernt ist. »Aber ich freue mich auf ein Wiedersehen, Hannes. Wirklich!«

Ich heb mein Fahrrad auf, schieb meine Tasche zurecht und steig auf.

»Willst du zu Ben?« Die Frage trifft mich im Rücken und lässt mich stoppen.

»Wieso?«

»Na ja, die Straße«, Hannes zeigt in meine Fahrrichtung, »führt nun mal zu uns Bauern raus. Und zu einem scheinst du ja neuerdings eine ganz besondere Beziehung zu haben.«

»Und wenn … Dich geht das gar nichts an!«

»Schon klar. Trotzdem wäre es … Was hast du vorhin gesagt?« Hannes äfft meine Stimme nach: »*Schlechtes Timing!*« Dann grinst er vielsagend. »Hat grad Damenbesuch.«

Das sitzt! Nach außen bleibe ich cool, innen brennt's mir bitter im Magen. Ob ich sie kenne?

»Das weiß ich. Muss nur was abholen«, lüge ich Hannes ins Gesicht und schiebe schon mal an – weiter Richtung Hof. Werde doch jetzt nicht umdrehen, um dann mit Hannes den ganzen Weg zurückfahren zu müssen. Lieber mache ich 'nen Umweg und dreh später ab.

»Ich weiß aber nicht, ob die Heitmeier Ben heute mit dir teilen will. Kannst dir ja vorstellen, wie die ihn jetzt rannimmt, nach der Scheiße, die Jasper da rumerzählt.«

Heitmeier! Puh! Hab ihren Namen noch nie so gerne gehört. Mein erleichtertes Lächeln schenke ich dem Boden, beim zweiten Drüber-Nachdenken aber erlischt es sofort. Ben unter Druck! Die Sache mit seinem Pulli scheint bereits die Runde zu machen. Wie bescheuert von mir, was anderes gedacht zu haben.

»Glaubst du ihm eigentlich den ganzen Schwachsinn?« Hannes schüttelt angewidert den Kopf. »Du solltest dem langsam mal das Maul stopfen. Zumindest wenn dir Ben …«

»Das sagt ja genau der Richtige!« Hannes muss jetzt langsam echt aufpassen, mein Puls klettert grad gewaltig in die Höhe, meine Stimme bebt vor Zorn. »Plappert jeden Mist gleich bei den Bullen aus – scheiß drauf, ob's Freunde trifft!«

Hannes winkt ab, als ob er einen Idioten vor sich stehen hätte, schwingt sich aufs Rad, dreht sich aber noch mal um. »Dass du ihm dieses ganze Amnesie-Theater abnimmst … Ich hab dich echt für schlauer gehalten.«

Zu Ben kann ich nicht, solange die Heitmeier auf dem Hof ist. Warum sie mich wohl eben sprechen wollte? Sobald Hannes außer Sichtweite ist, fahre ich auch los – nach Hause.

Ich würde seine Worte gerne vergessen, aber sie kommen immer wieder hoch. *Amnesie-Theater.* Geht er wirklich davon aus, dass Jasper uns das Ganze nur vorspielt?

Okay: Jasper besäuft sich also ordentlich, nimmt sich dann eine Petroleumlampe, geht mit ihr auf den Heuboden und zündet dort das Feuer an. Er ist einfach tierisch sauer – auf mich, auf Ben, auf alle, und er will Stress machen. Als es ordentlich brennt und alle panisch rausrennen, springt er von oben auf die Strohballen. Er will eigentlich wie die anderen aus der Scheune fliehen, landet aber blöd: Fußverletzung, Kopfverletzung und Amnesie. Das mit dem Riegel und der verschlossenen Tür erfindet er dann später noch. Kommt gut an und lässt ihn als Opfer dastehen. Ben ist es, den er weghaben will, der rote Pulli ist sein letzter Trumpf.

Die Geschichte könnte man so glauben – aber nur, wenn man Jasper nicht kennt.

Oder wenn man Hannes heißt.

Oder Emma?

Oder?

Die letzten Meter zum Haus muss ich schieben. Unsere Auffahrt steigt zwar nur leicht an, aber bei gefühlten fünfzig Grad, nach gefühlten hundert Kilometern und gefühlten zweihundert Litern Schweiß kann ich einfach nicht mehr.

»Warst du bei der Bank?«

Das Lachen, das folgt, kommt von Sam – von oben. Und da sitzt sie auch, im Vorgarten hoch oben in einer Astgabel, die Hand voller Kirschen. »Du schuldest mir noch fünfzig Euro.« Sam klettert runter und hält mir eine Schüssel entgegen. »Schmecken super. Probier mal!«

»Muss ich die auch bezahlen?«

Sams blaue Augen lachen, ansonsten bleibt sie ernst. »Ich schreib's mit auf. Wie war's bei Jasper?«

»Kommst du mit?« Ich deute mit dem Kopf zu unserem Haus und drücke mir selbst die Daumen, dass sie es tut. »Ich wollte 'ne Runde schwimmen ...«

»Klar.« Sam drückt mir die Schüssel Kirschen in die Hand und hebt ihr Handy auf. »Ich zieh mich nur schnell um.«

Schon bei uns im Hausflur kann ich riechen, was Mama gebacken hat. Ich liebe Käsekuchen. Und ich meine zu spüren, was sie mir damit sagen will. Daher lächle ich ihr entgegen, als sie in den Flur kommt, will mich bei ihr bedanken, aber sie winkt ab. Das

Telefon am Ohr scheint ihr grad wichtiger zu sein. Typisch!

Warum mir die roten Flecken in ihrem Gesicht entgangen sind, weiß ich nicht. Sie hätten mich eigentlich warnen sollen. Aber ich entdecke sie erst jetzt, als es zu spät ist. Als sie den Satz sagt, der mich verrät: »Sie ist grad gekommen. Ich gebe sie Ihnen mal. Auf Wiederhören.«

Ihr geflüstertes »die Kommissarin« kann sie sich sparen, ihr aufmunterndes Lächeln ebenso. Ich greife widerwillig nach dem Telefon und setze mich auf den Treppenabsatz, während Sam und meine Mutter sich rücksichtsvoll in die Küche verziehen.

»Frau Kommissarin«, säusle ich bittersüß in den Hörer. »Hast mich endlich gefunden, Glückwunsch!«

»Danke, Kim. Aber woher weißt du, dass ich dich gesucht habe?«

Shit! Ich lande heute nicht viele Treffer. »Hab so meine Informanten. Was gibt's denn so Dringendes?«

»Ich habe eigentlich nur eine Frage an dich. Aber die ist wichtig. Von daher wär es nett, wenn du jetzt kurz mal deine Abwehrhaltung aufgibst und mir zuhörst, okay?«

»Okay.« Ich wisch mir mit dem Handrücken über die Stirn. Im Haus ist es kühl, und doch fang ich wieder an zu schwitzen.

»Kann es sein, dass Bens Capoeira-Pulli bei dir ist?«

»Bei mir?«

»Ben hat gesagt, dass er ihn dir beim Spazierenge-hen gegeben hat, weil dir kalt war. Stimmt das?«

»Ja.« Meine Finger spielen nervös mit den Fransen vom Treppenläufer. Heitmeier hat ihren Bullenton drauf, ich höre, wie sie nebenher was aufschreibt.

»Okay, da decken sich die Aussagen. Hast du ihn dann mitgenommen?«

»Ben?«

Heitmeier bleibt ruhig, präzisiert nur nachdrücklich ihre Frage. »Seinen Pulli, Kim.«

»Nee, hab ich nicht. Kann ich mich zumindest nicht daran erinnern. Wieso fragst du das?«

»Weil es besser für ihn wäre, wenn der Pulli wieder auftaucht.« Sie ist echt vorsichtig mit dem, was sie mir gegenüber rauslässt. Wie sie es aber rauslässt, schnürt mir die Luft ab.

»Als wir das Feuer gesehen haben, sind wir nur noch gerannt. Kann gut sein, dass mir der Pulli da ir-gendwo im Wald runtergefallen ist. Vielleicht …«

»Wir sind den Weg mit Ben gerade abgegangen. Da war nichts.«

»Und? Was heißt das jetzt? Nur weil Jasper ir-gendwelche Bilder im Kopf hat, ist Ben jetzt euer Täter, oder was?« Das ist so lächerlich. Doch Feind und Heuchler! Müsste ich jetzt meinen eigenen Pulli auch verpfeifen? Muss ich sagen, dass er sich am Tat-

225

ort aufgehalten hat? Zwar irgendwo, aber zur Tatzeit?

»Es sieht grad nicht gut für Ben aus, Kim. Mehr kann ich nicht sagen. Aber …« Sie macht eine Pause, ich höre sie atmen. Sicher auch so 'ne alberne Polizeitaktik: Mach den Gesprächspartner durch gezieltes Warten zappelig. Bei mir klappt's.

»Sag mal, Kim, auf den Fotos an deiner Wand … Du hast da doch auch so einen Pulli, oder?«

Wow. Sie kommt von selbst drauf. »Ja. Ich hab auch so einen. Wie übrigens mindestens …«

Heitmeier unterbricht mich hart. »Hast du deinen noch?«

»Er ist sogar frisch gewaschen.«

»Sehr schön.« Sie klingt erleichtert. »Wär gut, wenn du ihn uns heute oder spätestens morgen im Präsidium vorlegen würdest. Nur damit wir …«

»Reicht euch auch ein Foto? Ich … Für mich ist das die Hölle bei euch.« So ehrlich bin ich selten, aber die Vorstellung, noch mal in den Bunker zu müssen, macht mir echt Panik. So echt, dass sie es wohl am anderen Ende der Leitung hören kann.

»Zieh ihn gleich mal an und halt die Zeitung von heute in die Kamera, okay? Das langt – vorerst.«

Sam und meine Mutter sitzen draußen und schauen mir erwartungsvoll entgegen, als ich die Terrasse betrete, sind aber zum Glück so schlau und schlucken ihre Neugier runter. Mein Gesicht scheint eindeutig zu signalisieren: Kein Kommentar!

»Und du warst mit Mama jetzt echt das erste Mal im Leierkasten?«

»Ja, Sigrid war auch da, die Mutter von Tim. Den kennst du doch noch von früher, oder?«

»Tim? Klar! Der Star unserer Klasse.« Sam lacht laut raus. »In den waren wir ja wirklich alle mal verknallt. Wenn nicht in der Grundschule, dann spätestens im Tanzkurs. Oder?«

»Nö. Ich nicht.« Ich hatte gefühlt schon immer Ben.

»Hast du Tim wirklich bei der Polizei angeschwärzt, Kim? Sigrid war ganz aufgewühlt.« Ich höre den peinlich berührten Unterton in der Stimme meiner Mutter – seit langem mal wieder – und könnte kotzen.

»Blödsinn! Die hätten nicht lügen müssen. Dann hätt ich auch nichts gesagt.«

Warum versuche ich eigentlich noch, mich zu verteidigen? Ich könnte auch mit der Wand reden – schuldig bin sowieso ich.

Mama ist schon wieder ganz woanders. »Sigrid hat bei Tim … Habt ihr gewusst, dass er Drogen nimmt?«

Sam schaut zu mir, ich zu ihr. Einvernehmliches Dummstellen! Außerdem hab ich Tim tatsächlich noch nie irgendwas einschmeißen sehen. »Wie kommst du darauf?«

227

»Ach, wegen der Schule, und … als die Polizei dann da war … Es gab wohl heftigen Streit, und Sigrid … Sie hat bei Tim im Zimmer Haschisch gefunden.« Mama schüttelt angewidert den Kopf. »Und wohl nicht wenig.«

Tim hat Gras, und Bens ist weg? Zufall?

Als Tim am Fluss telefoniert hat, hat er da nicht was gesagt von wegen *mitnehmen* und *das Zeug ist ganz frisch*? Hat er da mit Marek gesprochen?

War Marek zu dem Zeitpunkt auf dem Hof von Jeschkes?

Oder knallt mir grad nur die tierisch die Sonne auf den Schädel und verkohlt noch die letzten übriggebliebenen grauen Zellen?

Zeit für 'ne Abkühlung!

»Sagst du mir, was die Kommissarin von dir wollte?« Sam nimmt sich aus der Truhe am Pool ein frisches Handtuch und macht es sich auf einer der Liegen bequem. Baderegel Nr. 5, Mama wird's freuen. Wenigstens eine, die sich dran hält.

»Ein Foto.« Ich nehme die Liege daneben.

»Komm, jetzt mal ehrlich!«

»Ein Foto. Ich soll meinen Capoeira-Pulli anziehen, davon ein Foto machen und ihr zuschicken.«

Sam kapiert schnell. »Lass mich raten: Der Pulli ist rot?«

Ich nicke.

»Verdächtigen die jetzt etwa dich?«

»Im Moment haben sie sich wohl auf Ben eingeschossen, weil der so 'n Pulli an dem Abend anhatte.
Und weil der jetzt weg ist. Keine Ahnung, warum das
so schlimm ist. Muss was mit Jasper zu tun haben.
Also mit seinen Erinnerungen. Und Heitmeier prüft
jetzt, ob ich meinen noch habe.«

»Aber du hattest doch gar keinen Pulli an.«

»Nee, aber ich hatte ihn mit!« Sam ist tatsächlich
die Erste, der ich das erzähle, und es ist schon spannend zu sehen, wie groß ihre Augen werden und wie
lange sie den Atem anhalten kann.

»Und? Ist er weg?«

»Hättest du dann Schiss vor mir?«

»Quatsch! Aber du würdest in der Scheiße sitzen,
oder?«

»Bäh!« Ich setze mich ruckartig auf und schau fragend zu ihr rüber. »Tu ich aber nicht, oder?«

»Sehr witzig.« Ihr Ton klingt eingeschnappt, aber
aus dem Augenwinkel sehe ich sie noch grinsen, als
ich aufstehe, um Anlauf zu nehmen.

»Er liegt im Schrank!«, rufe ich zurück und meine es
zischen zu hören, als mein Körper ins Wasser taucht.

Wir wären sicher noch länger im Wasser geblieben,
aber als ich grad versuche, Sams weitesten Köpper

229

zu toppen, pfeift plötzlich über mir am Beckenrand jemand durch die Zähne. Mama kann so was nicht. Außerdem hat sie nie Turnschuhe an, schon gar nicht in der Größe.

»Deine Mutter war so nett, mich herzuführen.« Ben nimmt die Hand, die ich ihm hinhalte, und zieht mich aus dem Wasser. Ihn zur Begrüßung in den Arm zu nehmen wie sonst bring ich jetzt nicht. Hab ja so gut wie nichts an – was ihm offensichtlich gefällt. Nicht anders ist sein unverschämtes Grinsen zu verstehen.

»Dreh dich um, da kommt noch 'ne Zweite aus dem Wasser!«, zieh ich ihn auf und wickle mich schnell ins Handtuch.

»Hi!« Hat Sam Sonnenbrand, oder ist sie unter Bens Blick tatsächlich rot geworden?

»Sam, meine Nachbarin. Ben … der Bruder von Hannes.« Nicht wirklich einfallsreich, was ich da von mir gebe, Ben lächelt auch nur gequält.

»Vielen Dank! Ich denke, damit bin ich bestens beschrieben.«

Sam schnappt sich ebenfalls ihr Handtuch, und wir steuern die Terrasse an.

Auf dem Weg dorthin schließt Ben zu mir auf, ich spüre seine Hand auf meiner Schulter und seinen Atem im Nacken, als er mich flüsternd fragt: »Hat Heitmeier dich schon geortet?«

Ich nicke, mehr geht grad nicht. Der Daumen seiner Hand macht sich selbständig und streichelt ganz leicht an meinem Hals entlang. Sam kann das nicht sehen, Bens Körper verdeckt alles.

»Und …« Ben schaut zögernd zu Sam, dann fragend zu mir, und ich verstehe.

»Das ist okay. Sam weiß Bescheid!«

»Echt?« Sein Lachen klingt bitter. »Dann ist sie die Einzige. Selbst die oberschlaue Heitmeier ist nur noch am Schwimmen. Schien heute Morgen zumindest so. Darf ich?«

Auf dem Tisch steht ein Tablett mit Gläsern und eine Karaffe Wasser. Keine Ahnung, wann Mama das alles da hingestellt hat. Aber sie kriecht hier irgendwo rum, und das passt mir gar nicht.

»Lasst uns hochgehen, okay?« Ich greife nach dem Tablett, dreh mich zu Sam und lächle ihr aufmunternd zu. »Komm!«

»Sicher? Also ich kann auch …«

»Quatsch.«

»Und was wollte die Heitmeier jetzt von dir?« Ben lehnt am Schreibtisch, als Sam und ich wieder angezogen aus dem Bad zurückkommen. »Ich hab nur mitbekommen, dass sie vom Hof aus bei dir angerufen hat. Dann bei Jasper und … keine Ahnung, wo noch alles.«

Sam setzt sich aufs Bett, ich mich auf den Schreibtischstuhl. »Sie wollte wissen, ob ich deinen Pulli habe.«

»Die machen ein Geschiss darum. Und das nur …« Ben schüttelt verständnislos den Kopf. »Jasper sagt, er würde sich an den Pulli erinnern. Der hätte wohl auf dem Heuboden gelegen. Und … Warte mal, wie hat Heitmeier es gesagt? … *Er sieht den Pullover in Flammen stehen.*«

»Okay, und da deiner jetzt weg ist, bist du der Täter, oder was?« Sam zeigt der nicht anwesenden Heitmeier den Vogel. »So eine Beweisführung würde ihr jeder Anwalt vor Gericht zerpflücken.«

»Ihr Papa ist Rechtsanwalt«, verteidige ich Sam schnell, da Ben sie skeptisch beäugt.

»Gut zu wissen.«

Irgendwie wird es im Zimmer still.

Ben greift zur Karaffe und schenkt sich noch mal nach, Sam hat sich mein Lesezeichen geschnappt und fächert sich damit Luft zu, und ich? Ich rolle mit gesenktem Blick auf meinem Stuhl vor und zurück, vor und zurück. Ziemlich hospitalismusverdächtig.

»Lass uns das Foto machen«, schlägt Sam plötzlich vor, und ich seh aus dem Augenwinkel, wie Ben zusammenzuckt. Wo der wohl grad war mit seinen Gedanken?

»Was für 'n Foto?«

»Heitmeier will ein Foto von mir mit meinem Capoeira-Pulli. Und einer Zeitung von heute. Als Beweis, dass es nicht meiner war, der da gebrannt hat.«

»Hä? Dreht die jetzt völlig am Rad?« Bens Augen verengen sich zornig, kalt wirkt das Blau jetzt, von süßen Sprenkeln nichts mehr zu sehen. »Will die dich da jetzt auch mit reinziehen, in den ganzen Pulli-in-Flammen-Scheiß, oder was? Ey, wenn du den an dem Abend auch angehabt hättest, geschenkt. Aber so?«

Sam hüstelt, hat sich wohl verschluckt und schaut jetzt entschuldigend zu mir rüber. Egal!

»Ich hatte ihn dabei.« Bei dem Satz lasse ich Ben nicht eine Sekunde aus den Augen. Ich will alles sehen, jede kleinste Regung, den kleinsten Anflug von Zweifel. Immerhin gibt es für ihn ja auch die zwei kleinen Löcher in unserem Alibi.

Ich seh aber nix. Nur Sorge. »Weiß sie das?«

»Nein.«

»Sonst jemand?«

»Außer Sam? Nee, ich glaube, sonst keiner.« Auf der Party hatte ich den Pulli nur mit, nicht an. Ich schaue zu Ben hoch, ich weiß, was er mich fragen will, und schüttle kaum merklich den Kopf. Nein, Jasper weiß es auch nicht. Erst wirkt Ben nur erstaunt, doch dann schleicht sich ein vorsichtiges Lächeln auf sein Gesicht, und ich sehe ein triumphierendes Aufblitzen in seinen Augen. Augen, die mich nicht loslassen wollen.

»Ich hol mal die Zeitung.« Sam spürt wohl, dass die Luft im Zimmer für drei grad sehr knapp wird.

»Du kannst dir nicht vorstellen, wie oft ich mich in den letzten Tagen verflucht habe.« Ben ist aufgestanden und schaut sich nachdenklich die Fotos über meiner Kommode an. An dem Gruppenfoto, das kurz vor seiner Abreise gemacht worden war, bleiben seine Augen lange hängen. »Ich hab damals wirklich nichts gemerkt. Aber …«, er zeigt auf mich in der ersten Reihe und dreht sich dabei lächelnd zu mir um. »Ey, guck mal selbst, wie klein du da noch warst!«

»Schätze, zwei Zentimeter kleiner als jetzt.« Blöder Spruch, ich weiß, aber ich kann so ein Gespräch jetzt nicht. Ich kann auch nicht aufstehen und zu ihm rübergehen, wie er es gerne hätte. Ich trau mir nicht mehr.

Ben steckt den Spruch gekonnt weg, bleibt noch 'ne Weile vor dem Foto stehen, bevor er sich wieder setzt. Irgendwas geht ihm aber durch den Kopf. Er grinst ganz leicht, und ich werd misstrauisch. »Was ist?«

Er schaut auf, und sein Lachen wird breiter. »Ich dachte nur gerade …« Er zögert, beißt sich kurz auf die Lippe, spricht dann aber weiter. »Vielleicht wirst du ja noch groß.«

»Was soll das denn heißen?«

»Groß genug für die richtigen Entscheidungen im Leben?«

Sam klopft – wie nett! Das vorsichtige Reinschielen danach kann sie sich aber sparen. Nichts passiert – alle am alten Platz: Ben wieder am Schreibtisch, ich auf dem Stuhl.

»Hab nur die Gala gefunden, aber passt doch auch, oder?« Sam hält Mamas Wochenlektüre hoch: *Entscheidung aus Liebe*, das Titelthema.

»Passt sogar super«, stellt Ben trocken fest, muss dann aber doch lachen und stupst mich an. »Auch schon gelesen?«

»Idiot!« Rutscht mir so raus, zum Glück nur leise. Ich stehe auf, gehe zum Kleiderschrank rüber und öffne ihn vorsichtig. Kann immer passieren, dass einem Hosen, Pullis oder T-Shirts entgegenkommen. Heute halten sie sich dezent zurück, nur das Rot vom Capoeira-Pulli drängt sich auf, gleich oben, erstes Regal, ganz vorne. Ich nehme ihn raus, kremple ihn richtig rum und will ihn mir gerade über den Kopf ziehen, als ich Bens überraschten Gesichtsausdruck sehe. Auch Sam guckt irritiert.

»Was?« Mein Ton klingt aggressiver als gewollt, aber die beiden machen mir irgendwie Angst, hypnotisieren den Pulli, sagen aber nichts. Erst als auch ich runterschaue, springt mir der Name ins Gesicht, der auf der Rückseite des Pullis steht: Tronco.

»Ich … Scheiße, Ben. Das wusste ich nicht. Das war keine Absicht.« Er hatte mir den Pulli draußen umge-

235

legt. Als mir kalt war. Aber doch nur kurz ... Oder?
Mein ganzer Nacken brennt vor Scham. Ben hat Riesenärger, und sein beschissener Pulli liegt die ganze
Zeit bei mir im Schrank. »Ich weiß gar nicht ...«

»Hey!« Ben will mich trösten, ist aufgestanden
und kommt auf mich zu. Aber ich will das jetzt nicht,
keine Umarmung, kein Beruhigen. Hab 'ne scheiß Wut
auf mich. Mann, als Heitmeier nachgefragt hat, hätte
ich ja wenigstens mal nachsehen können.

»Hör auf, Kim!« Ben packt meine Arme, die sich
gegen ihn stemmen, und zieht mich fest an sich. »Ist
doch super, dass er aufgetaucht ist.«

Ich lasse meine Fäuste sinken und lehne mich kurz
an. Ganz kurz nur – ehrlich.

»Ich stör ja nur ungern«, Sam räuspert sich.
»Aber ... Wenn das Bens Pulli ist, wo ist dann deiner?«

Stille. Ich gucke hoch zu Ben, er runter zu mir, wir
dann zu Sam. Wo ist mein Pulli?

Sicher auch im Schrank. Mit der Hoffnung schaue
ich zumindest rein, sehe aber nichts Rotes und wühle
mich tiefer in die Sachen. Wenn er weg ist ... Meine
Hände flattern.

»Er kann doch auch noch im Waschkeller sein,
oder?« Sam hat sich an die andere Hälfte vom Schrank
gemacht und schaut zwischen Hosen und Socken
nach, macht bei mir schon Sinn. Ben untersucht die
Kleiderberge auf dem Boden.

»Ich guck mal.« Mamas Auto hab ich vorhin gehört, der Weg müsste frei sein, und einen Versuch ist es wert. Obwohl … hätte sie es nicht gemerkt, wenn zwei davon in der Wäsche gewesen wären? Ich finde es ja schon merkwürdig, dass sie nicht gesehen hat, dass Tronco draufsteht, kapiere es aber, als ich im Keller die Leine sehe: Pullis und T-Shirts sind alle auf links gedreht, sicher der ultimative Hausfrauentrick für super Farbe und perfekte Form. Nur – dass er meterweise zu groß für mich ist, hat sie nicht gecheckt, oder was?

Ich schau mich um, aber hier im Waschkeller ist nichts, zumindest nicht das, wonach wir suchen. Die Maschine ist leer, die Körbe davor auch, und auf der Leine hängen nur schwarze Sachen. Ich krieg Angst, muss hoch zu den anderen. Doch das Kribbeln im Rücken kommt mit, klebt an mir und breitet sich aus: über den Nacken bis unter meine Kopfhaut. Wo ist mein Pulli?

Wie Jasper wohl gucken würde, wenn die mich jetzt verhaften? *Der Pulli, der in Flammen stand!* In den Tributen von Panem war's das ganze Mädchen. Kann ich doch eigentlich noch froh sein.

Ben und Sam haben auch nichts gefunden, als ich wieder ins Zimmer komme. Dafür sieht mein Schrank ordentlicher aus als vorher. Auch auf dem Boden ist es leerer geworden, Ben legt gerade seinen Pulli zusammen und gibt ihn mir. »Ich fahr gleich zum Hof und schau da noch mal nach. Die haben zwar schon alles abgesucht, aber wer weiß … Hast du noch 'ne Idee, wo er sein könnte?«

Ich schüttle nachdenklich den Kopf. »Ich dachte eigentlich, ich hätte ihn auf einer der Bierbänke neben die Tasche gelegt. Oder … vielleicht hab ich ihn auch beim Fahrrad vergessen oder da irgendwo verloren? Das stand ja weiter weg, an der Mauer vorm Geräte…«

»Ich weiß, wo dein Fahrrad stand«, unterbricht mich Ben. »Ganz genau sogar!« Er lächelt kurz, streicht mir eine Haarsträhne aus dem Gesicht, bevor er sich zu Sam dreht. »Die Gala ist von heute, oder?«

Sie nickt und positioniert sie auf meinem Arm hinter dem Pulli – mit Titelblatt nach vorne.

»Wo ist dein Handy?«

»Auf dem Nachttisch. Aber … das könnt ihr nicht machen!« In meinem Kopf rotiert es grad so gewaltig, dass ich erst jetzt checke, was sie vorhaben. »Spinnt ihr? Ich mach das Foto nicht. Ich werd denen stecken, dass dein Pulli bei mir ist.«

Bevor ich alles hinschmeißen kann, kommt Ben auf mich zu und hält meine Arme fest. »Ich glaub, du verstehst nicht ganz, Kim. Die haben mich heftig in die Mangel genommen. Und das Gleiche werden sie mit dir auch machen. Nur weil die Heitmeier dich mag, heißt …«

»Und du glaubst, ich pack das nicht, oder was?«

»Du packst echt viel, aber …« Ben bricht ab. Er lässt mich los, geht ein paar Schritte zurück und fährt sich verzweifelt durch die Haare.

»Okay.« Sam springt ein. »Ben haben sie wegen dem Pulli eh schon am Arsch. Ist zwar blöd, macht aber eigentlich nichts. Vor Gericht reicht das nicht.« Sie dreht sich zu mir, ihre Augen strahlen professionell unschuldig. »Wieso dann also noch dich mit reinziehen? Macht doch keinen Sinn.«

»Weil's fair wäre, vielleicht?« Meine Stimme zittert.

Ben steuert schon die Tür an, dreht sich aber noch mal um: »Macht das Foto, okay?«

»Ist gar nicht so übel, oder?« Sam hält mir das Ergebnis unter die Nase. »Alles drauf, und ich finde, du siehst mitleiderregend müde aus. An welche Nummer?«

»Die letzte mit den vielen Dreien.« Hab die Nummer immer noch nicht abgespeichert. »Gib mal her.«

»Nö.« Sam grinst. »Das mach ich noch fertig.« Sie findet wohl auch alles, was sie braucht, drückt auf senden und schmeißt mir das Handy dann aufs Bett. »Wer ist es denn jetzt eigentlich?«

»Wie wer?

»Jasper oder Ben?«

So zu tun, als würde ich die Frage nicht verstehen,

ist blöd. Sam ist ja nicht doof, und das zwischen Ben und mir ist mittlerweile wohl zu offensichtlich. Nur … Ich kann nicht sagen, was genau es ist. Und ob es mehr ist als zwischen … Scheiße, ich will so nicht denken, fühl mich mies dabei. »Die Frage stell ich mir gar nicht.«

»Schade, ich hätte da 'ne Antwort für dich.«

»Wenn du sie schon hast, wieso fragst du mich dann erst?«

Sam schmeißt mit der Gala nach mir und spielt beleidigt. »Ich hätt halt gern den einen. Und zwei brauchst du doch gar nicht.«

Ich roll die Zeitschrift zusammen, steh auf und klopf Sam im Vorbeigehen damit auf den Kopf. »Du gehst doch eh. Such dir was Eigenes!«

Die SMS von Heitmeier erreicht mich noch auf der Treppe: *Danke, Kim. Reicht vorerst. Grüße, Heitmeier.* Ich zeig sie Sam, die erleichtert aufatmet. »Ben hat zwar gemeint, dass sie von den Namen hinten drauf nichts weiß, zumindest ist das auf deinen Fotos nicht zu sehen, aber … Egal, sie hat's geschluckt!«

Meine Freude darüber hält sich in Grenzen. Wenn das irgendwie rauskommt, steh ich bei den Bullen dank Jasper ganz oben auf der Liste. Wahnsinn, wie schnell sich das dreht.

»Was ist?«

Sam guckt mich komisch an, zögert aber.

»Jetzt sag schon!«

»Macht noch jemand aus deiner Stufe Capoeira?«

»Du meinst, ob noch jemand so einen Pulli hat?«
Sam nickt.

»Nein.«

»Und du bist dir wirklich ganz sicher, dass du den Pullover mithattest?«

»Ja, wieso?«

Sam spielt mit ihrer Coladose, lässt sie auf dem Tisch kreisen und schaut ihr dabei zu. »Wenn Jasper gesehen hat, wie ein Pulli brennt, dann kann es nur deiner gewesen sein. Bens ist ja da. Also gibt es eigentlich nur zwei Möglichkeiten.« Sie schaut auf. »Die erste: Jasper lügt.«

»Du meinst, er hat das mit dem Pulli nur erfunden, um Ben zu schaden? Blödsinn!« Meine Stimme klingt klar und überzeugend. Und das ist gut so – besonders für mich selbst.

»Nee, das wär wirklich saublöd. Dann hätte er schon dafür sorgen müssen, dass Bens Pulli verschwindet. *Deiner* ist aber weg. Ich meinte eher …« Sam kaut nervös an ihrer Unterlippe, bevor sie vorsichtig fragt: »Dass er dich fertigmachen will, ist auch Blödsinn, oder?«

Als Rache für mein Schlussmachen? Quatsch!

»Kim? Das ist Blödsinn, oder nicht?«

»Totaler Blödsinn! Möglichkeit zwei?«

»Dein Pulli hat gebrannt, ist aber vorher geklaut worden.«

»Wer soll das denn machen? Ich meine, wer klaut denn so einen Pulli? Da laufen doch andere in ganz anderen Sachen rum ...«

»Keine Ahnung. Aber 'ne andere Möglichkeit fällt mir nicht ...«

»Wart mal grad.« Mein Handy klingelt, Ben ist dran.

»Ich hab nichts gefunden. Ich bin noch mal den ganzen Weg abgegangen von der Scheune zur Mauer. Aber ... hier ist nichts.«

»Danke, Ben.« Ich bin nicht enttäuscht, hatte ja nichts erwartet, er klingt nur so traurig. »Eigentlich war es doch klar. Außer 'nem verbrannten Fetzen vielleicht wird da nichts ...«

»Sorry, Kim, das seh ich anders. Was Jasper erzählt, ist für mich nicht Gesetz. Ich kann mir gut vorstellen, dass der ...«

Nicht auch noch Ben. Ich will das nicht hören und unterbreche ihn hart. »Fängst du jetzt auch an mit der Scheiße? Selbst wenn sich Jasper das alles nur ausgedacht *hätte* ... selbst wenn nie ein Pulli gebrannt hat. Er hätte ihn verschwinden lassen. Wenn er was macht, macht er es perfekt. Ihr würdet nichts ...«

»Hey hey hey ... Kannst du mal kurz die Luft anhalten?« Ben ist sauer, wartet, und es wird still zwischen uns. Luft anhalten geht aber nicht, dafür atme ich zu schnell.

»Ich sag doch gar nicht, dass es Jasper war – mit dem Feuer. Okay? Ich wollte nur sagen, dass ich mir vorstellen kann, dass er Bilder durcheinanderbringt. Dass der Pulli nicht gebrannt hat, sondern wirklich noch hier irgendwo rumfliegt. Oder jemand anderes ihn mitgenommen hat. In dem Chaos hier.«

»Entschuldige.« Meine Stimme zittert. Ich seh Ben vor mir, wie er so dasteht, auf dem Hof: Handy am Ohr, die andere Hand lässig in der Hosentasche, Blick ins Leere. Er will helfen! »Tut mir leid …«

»Ist gut, Kim. Ich guck hier noch mal im Geräteschuppen, wenn der Hänger davor weg ist. Wer weiß … Ich melde mich.«

»Geräteschuppen?« Sam schaut mich skeptisch an. »Ob ihn da jemand reingeworfen hat, oder was?«

Geräteschuppen … Ich kann ihr grad nicht antworten, starre auf die Tischplatte und versuche, den Gedanken zu packen, der sich in meinem Kopf zusammenbraut. Da war was – irgendwas mit dem Schuppen. Da waren … na klar! Meine Hand schlägt laut auf die Platte und lässt die leeren Dosen hüpfen. »Tim und Marek!«

Sam hüpft auch fast vom Stuhl, hält sich erschro-

243

cken die Hand aufs Herz, bevor sie durchatmet und wieder einsteigt. »Was ist mit denen?«

»Die haben beim Schuppen gefeiert, hat Marek erzählt.«

»Ja und?«

»Ich weiß nicht, aber … wenn ich den Pulli da verloren oder echt beim Fahrrad vergessen habe … vielleicht haben die was gesehen. Oder was damit zu tun?« Ich weiß, dass das dünn ist. Aber mir bleibt nicht viel.

»Okay.« Sam steht auf, schiebt ihren Stuhl an den Tisch und stellt die leeren Dosen auf die Küchenanrichte. »Dann los!«

»Wohin?«

»Wir machen 'ne Radtour!«

»Was?«

»Wir fahren zu Tim.«

»SAG mal, was soll das werden? Muss ich irgendwann stopp sagen, oder was? Wir fahren jetzt sicher
schon das vierte Mal im Kreis rum.«

»Das muss hier irgendwo sein.« Mein Gemotze
scheint Sam nicht wirklich zu stören, sie fährt unbeirrt
weiter und hält Ausschau. Aber nach was? 'ne Hausnummer wär vielleicht nicht schlecht, die Straße ist
angeblich richtig. Sagt sie.

»Tim wohnt auf jeden Fall auf der linken Seite, das
weiß ich noch. Und die haben so 'nen komischen Wur-
zelzwerg vor der Tür. Ziemlich groß und ...«

»Und wahrscheinlich schon auf dem Kompost hin-
term Haus verrottet. Mann, Sam, wie lange ist das
denn her?«

»Weiß nicht, aber ...« Sam stoppt so abrupt, dass
ich ihr fast ins Hinterrad knalle. »Dahinten, das ist
doch so eine Wurzel, oder?«

Sie hat es tatsächlich gefunden, dieses komische
Holzteil. Das Namensschild an der Tür passt auch,
wir sind richtig. Dass auf unser Klingeln sogar gleich
Tim an die Tür kommt, sehe ich mal als gutes Omen
für unsere Aktion. Unser Glück verlässt uns allerdings
schlagartig, als er mich hinter Sam erblickt.

»Ich weiß nicht, was wir zu reden hätten«, zischt er
in meine Richtung und knallt uns die Tür vor der Nase

245

zu. Dass er mir zur Begrüßung nicht um den Hals fällt, war ja zu erwarten, aber mit so 'ner Abfuhr hatte ich nicht gerechnet. Sam wohl auch nicht, sie starrt noch immer auf die geschlossene Tür, schüttelt dann ratlos den Kopf und setzt sich neben das Holzteil auf die Treppenstufe. »Boah, ist der sauer! Gibt's da noch mehr Ärger zwischen euch, als ich weiß?«

»Nö. Wir haben sonst eher null Kontakt.«

Sam nickt abwesend, ich weiß gar nicht, ob sie mir überhaupt zugehört hat, sie ist mit ihrem Handy im Gange und starrt konzentriert aufs Display.

»Was machst du?«

»Ich schau, ob ich noch Tims Nummer habe. Der war doch mit mir früher im Tanzkurs, hat mit 'ner Freundin von mir getanzt. Und ich meine … Ja!« Sam zeigt mir triumphierend ihr Handy. »Da ist er. Wir hatten eine Gruppe. Und wenn wir Glück haben, stimmt die Nummer noch.«

»Willst du jetzt Telefonterror machen, oder was?«

»Brauch ich nicht.« In ihren Augen blitzt es kurz auf, und ich setze mich zu ihr auf die Treppe. Neugierig schaue ihr über die Schulter, sie schreibt eine Nachricht: *Verstoß gegen Paragraph 12a des BtMG: Der Konsum von Cannabis gilt als Selbstschädigung und ist nicht strafbar. Der Besitz aber gilt als Strafhandlung, weil Handel möglich ist. Hierfür sieht der Gesetzgeber Freiheitsstrafen von bis zu fünf Jahren vor.*

Sams Finger fliegen nur so über das Display, sie rattert den Text runter, als hätte sie damit täglich zu tun. »Klingt geil!« Ich bin echt beeindruckt. »Und wenn das Zeug sogar geklaut wurde, wär noch mehr drin, oder?«

»Ja, klar. Wieso?«

»Schreib das mal. Nur einfach so.«

Paragraph 52 STGB: Hat sich der Angeklagte das Betäubungsmittel unrechtmäßig angeeignet, kann dies mit einer Freiheitsstrafe von bis zu zehn Jahren geahndet werden.

Ich pfeif durch die Zähne. »Weißt du das echt alles auswendig?«

»Wieso, stimmt das denn?«

»Was?« Mir klappt der Unterkiefer runter. Und ich brauch einen Moment, um das zu schlucken. »Das ist fake?«

»Ja, klar!« Sam lacht laut, als sie mein dummes Gesicht sieht.

Dann tippt sie weiter*: Du kannst aber gern auch einfach mal mit uns reden. LG Kim und Sam.*

Es dauert tatsächlich keine zwei Minuten, bis uns die Tür geöffnet wird. Tims Gesichtsausdruck ist nicht wirklich freundlicher, aber er lässt uns rein.

Er führt uns wortlos über den Flur in sein Zimmer und schließt hinter uns die Tür. »Was wisst ihr?«

»Genug«, antworte ich mit ernster Miene und setze

247

mich in den Sessel am Fenster. »Zumindest genug, um dir und Marek Probleme zu machen.«

Tim schnaubt zornig. »Damit hast du ja schon angefangen. Kannst du mir vielleicht mal sagen, warum du es auf uns abgesehen hast?«

»Hab ich nicht. Und ich will dir auch nicht irgendwie Stress machen, im Gegenteil.« Ich versuche mich an einem verbindlichen Lächeln. »Ich bräuchte mal deine Hilfe.«

»Was?« Tim lacht. »Auf was für 'nem Trip bist du denn grad?«

Sam setzt sich zu mir auf die Lehne, legt ihren Kopf schief und spielt gekonnt den Unschuldsengel. »Wir wollen dir gar nichts. Ich meine, wir könnten dich fertigmachen mit dem, was wir wissen. Aber das haben wir gar nicht vor. Kim braucht nur ein paar Infos. Stimmt's?«

Tim fixiert mich eisig, auch mein nettes »Stimmt genau!« steckt er ohne sichtliche Reaktion weg. Aber er setzt sich wenigstens, und ich fang an: »Es geht um die Abifeier.«

Tim schweigt.

»Marek hat gesagt, ihr wart am Geräteschuppen.«

Tim schweigt noch immer, seine Augen aber flackern unruhig.

Sam schaut fragend zu mir und übernimmt auf mein Nicken. »Kim hat da ihren Pulli verloren. So einen knallroten. Und wir wollten eigentlich nur wissen, ob ihr den gesehen habt.«

»Was? Wollt ihr mich verarschen, oder was?«

»Nö.« Sams Unschuldsmiene ist der Hammer, ich muss echt weggucken, um nicht loszulachen. »Das ist Kims Capoeira-Pulli. Und der …«

»Ich häng an dem«, beende ich den Satz für sie.

Tim steht auf und geht langsam ein paar Schritte durchs Zimmer. Am Fenster bleibt er stehen und schaut misstrauisch zu uns rüber. »Ihr seid nur hier, um mich zu fragen, ob ich den Pulli gesehen habe?«

Sam und ich lächeln freundlich und nicken.

»Und wenn ich euch antworte, lasst ihr mich in Frieden?«

Wir lächeln noch immer und nicken wieder.

»Na dann …« Tim geht zur Tür. »Meine Antwort ist nein. Ich hab keinen Pulli gesehen oder … gefunden.« Er öffnet sie und schaut uns auffordernd an. »Aber danke für euren netten Besuch!«

Ich weiß nicht, was wir eigentlich erwartet haben, aber als wir gehen, bin ich ziemlich enttäuscht.

Jetzt bleibt nicht mehr viel.

ICH kann nicht einschlafen. Dafür sind meine Gedanken zu laut.

Ich hab Jasper nicht zurückgerufen, obwohl er es einige Male bei mir versucht hat. Dass es zeitlich nicht reinpasste, ist nur die halbe Wahrheit, das lasse ich mir selbst als Ausrede nicht durchgehen. Aber ich weiß einfach nicht, worüber wir reden sollen.

Mit Ben dagegen habe ich kurz telefoniert – auch da ging die Hälfte der Zeit mit Schweigen drauf. Dass der Pulli nicht im Schuppen lag, war schnell erzählt. Für alles andere fehlten uns wohl beiden die Worte.

Aus dem Garten höre ich Gelächter. Meine Eltern haben Besuch, und durch mein offenes Fenster hör ich ihr blödes Gequatsche. Ich könnte jetzt aufstehen und es zumachen, aber dann würde ich eingehen vor Hitze. Und wieso leiden – grade für die?

Ich mach das Radio an, schnapp mir Bens Pulli vom Boden und kuschle mich rein. Riecht nach Waschpulver – schade!

Plötzlich sehe ich, dass mein Handy aufleuchtet, ein Anruf in Abwesenheit: Sam.

22:12 Uhr. Muss wichtig sein.

Ich drück auf Rückruf und höre Sams Stimme, bevor es überhaupt geklingelt hat: »Hi, Kim. Mann, ich hatte schon Schiss, dass du nicht rangehst! Kannst du kurz kommen?« Sie klingt total nervös, wie elektrisiert, was mich sofort ansteckt und aus dem Bett holt.

»Was ist denn los?«

»Tim hat sich gemeldet, und er hat … ach, ich muss es dir zeigen. Kommst du rüber?«

Ich sehe aus meinem Fenster auf die Terrasse runter: Kerzen flackern – sie ist also noch besetzt. »Ich komm vorne rum.«

»Aber nicht klingeln. Ich mach dir auf.«

Aus dem Pulli zu steigen und mir wieder was anzuziehen würde sicher schneller gehen, wenn meine Hände nicht so zittern würden. Sam war so cool die letzten Tage, dass mich ihre Aufregung jetzt gerade ziemlich verunsichert.

Sie will mir was zeigen …

Ach Mensch, scheiß auf Schuhe, ich geh barfuß.

Als ich bei den Martens durchs Gartentor gehe, entzünde ich ein Feuerwerk von Bewegungsmeldern. Bühne frei für meinen Gang durch den taghellen Vorgarten.

Sam scheint selbst zu leuchten. Sie wartet an der Tür: weiße Jogginghose, weißes Top, und auch ihr Gesicht hatte schon mal mehr Farbe.

»Was is'n los?«, möchte ich gleich wissen, aber sie zieht mich nur wortlos ins Haus.

Wir gehen nicht in ihr Zimmer, Sam steuert die Küche an, macht Licht und setzt sich an den Tisch. Erst jetzt sehe ich, dass sie ihr Handy in der Hand hält.

»Ich hab vorhin 'ne Nachricht von Tim bekommen ... und ... und ein Foto.«

»Ja und? Was ist drauf?«

Sam atmet tief durch und schiebt mir einen Stuhl hin. Ihr Blick dabei signalisiert ganz klar: Setz dich besser!

Und ich folge lieber, nehme mir den Stuhl und schiebe ihn direkt neben Sam. Dabei lasse ich ihr Handy nicht aus den Augen. Es liegt in ihrer Hand, zittert ein wenig, während sie tippt und das Bild hochlädt. Dann ist es da. Im ersten Moment kann ich nicht wirklich was erkennen, das Foto ist sehr dunkel, und ich muss näher ran. Marek müsste das sein, vorne, total dumm am Lachen, mit 'ner Flasche Bier in der Hand. Was ja nicht ungewöhnlich ist. Aber hinter ihm ... Das glaub ich jetzt nicht! Ich würd gern was sagen. Schreien. Oder wenigstens atmen. Aber nichts geht gerade, ich bin schockgefroren. Ich spüre nur Kälte in mir und starre auf das Foto, bis die Pixel vor meinen Augen anfangen zu verschwimmen.

Alles verschwindet, nur das Rot bleibt, das Rot von meinem Pulli.

Besprechungszimmer drei.

»Ich denke, wir können weitermachen.« Heitmeier blickt in die überschaubare Runde und schaltet das Tonbandgerät wieder an. »Also, es gab Streit ...«

Ja. Und danach war irgendwie die Stimmung kaputt. Wenn es schon später gewesen wäre, wär ich wahrscheinlich einfach gefahren, aber so? Mensch, wir haben unser Abi, wir wollten richtig feiern!

Also hab ich getanzt, sicher auch ein bisschen zu viel getrunken.

War trotzdem todlangweilig.

Irgendwann bin ich dann raus. Der Pulli lag da rum, auf den Bänken oder so, keine Ahnung. Mir war halt kalt. Tim und Marek hab ich nicht gesehen. Aber er war da. Hat auch nur rumgestanden. Fand's wohl genauso scheiße wie ich, und wir sind ins Quatschen gekommen. War ganz nett, hätt ich gar nicht gedacht.

Und als er dann vorgeschlagen hat, dass wir uns zusammen was reinpfeifen ... Ich fand's cool. Frisch aus Brasilien, hat er noch gemeint, aber draußen ging's nicht, zu viele Leute.

Der Heuboden war auch seine Idee, ich kannte den vorher ja gar nicht. Ich bin mit rauf. Die beschissene Lampe hab ich mitgenommen, stand draußen auf 'nem Tisch rum. Hat keiner gebraucht, und ich dachte, da oben ist es wahrscheinlich stockdunkel.

Ich hab mir nichts dabei gedacht. Echt nicht!

Oben … war schon geil. Man kann von da aus in die Scheune gucken, ist ja komplett offen alles. Unten die Scheiß-Party und oben wir. Das Zeug war krass, hat mich ziemlich weggebeamt. Hab ja auch lange nichts mehr geraucht. Und er war auch gleich ziemlich am Schweben.

Wir haben dann im Stroh ein bisschen rumgemacht, der Typ ist jetzt nicht so wirklich mein Fall, aber war schon geil, so mit Blick auf die anderen, coole Musik und so.

Die Lampe … Die haben wir auf einen Strohballen gestellt und total vergessen. Ich weiß auch gar nicht, wer von uns … Also, wie sie umgekippt ist.

Ich weiß nur noch, dass ich ein Geräusch gehört habe hinter dem Strohberg. Ich hab noch zu ihm gesagt, dass da wer ist. Aber er meinte, das sei sicher 'ne Katze oder so. Da muss das mit der Lampe passiert sein. Wir haben erst mal weitergemacht, aber ich hab dann … es hat so komisch gerochen und … dann hab ich das Feuer gesehen.

Das ging alles so schnell, da oben. Das Stroh war ja total trocken, und das Feuer … das war gleich so heftig. Ich hab erst noch versucht, es mit dem Pulli zu löschen, aber …

*Uns war schnell klar, dass wir da nichts mehr ma-
chen konnten. Wir sind nur noch gerannt, die Treppe
runter und aus der Tür raus. Die Tür ...*

*Also, wir wollten den anderen Bescheid geben, aber
ich war total geschockt und hab draußen nur rumgestanden – wie gelähmt. Und er ... Er hat den Riegel
zugemacht. Die Tür hält sonst nicht, die springt immer
wieder auf. Und es sollte doch keiner wissen, dass wir
oben waren.*

*Ich hab nicht gewusst, dass Jasper da drin ist. Wir
hätten das sonst nie gemacht. Nie!*

Dann hört man nur noch Schluchzen.

»Okay, beruhige dich. Ich hab noch eine letzte
Frage, dann war's das erst mal.« Heitmeier lehnt sich
nach vorne, stützt die Ellenbogen auf den Tisch, ihr
Gesicht zeigt keine Regung. »Warum kommst du damit erst jetzt, Emma?«

»Am Anfang war ich nur total geschockt. Und
dann ... Wir hatten gehofft, ihr findet einfach gar
nichts, dann wär es bei 'nem Unfall geblieben. Als ihr
dann die Lampe gefunden habt, wollte ich was sagen,
aber er ...« Emma schüttelt den Kopf, schlägt dann
verzweifelt die Hände vors Gesicht und beginnt zu
weinen. »Die Fotos!«

»Ich verstehe nicht.«

»Hannes hat mich die ganze Zeit unter Druck ge-

255

setzt. Der hatte total Schiss vor seinen Eltern und … auch wegen der Versicherung. Er ist immer wieder bei mir aufgetaucht, hat mir Nachrichten geschrieben und Fotos geschickt. Er hat die auf dem Heuboden gemacht. Und nicht nur von meinem Gesicht. Da ist alles drauf von mir. Hochglanz und in Farbe.«

SAM kapiert es sofort, als sie die Haustür aufmacht und mich davor stehen sieht.

»Wenn du jetzt schon hier aufkreuzt, heißt das, du kommst nachher nicht, oder?«

»Bin noch nicht wieder in Partystimmung.« Ich zucke entschuldigend mit den Schultern, versuche, es locker rüberkommen zu lassen, dabei bin ich enttäuscht von mir selbst. Sam geht, will ihren Abschied feiern, aber ich pack das nicht.

»Schade.«

Einen Moment stehen wir unschlüssig voreinander, und ich suche nach Worten, die mein Verhalten erklären, als Sam mich einfach in die Arme nimmt. »Ich kann's verstehen. Ehrlich.«

Tränen habe ich keine mehr. Mit einem Räuspern löse ich mich von ihr. »Ich wollte dir noch was geben.«

»Oh!« Sam nimmt das Päckchen, das ich ihr hinhalte, neugierig entgegen. »Jetzt – oder später?«

»Wie du willst. Ist nichts Großes, aber …«

»Komm.« Protest ist zwecklos, Sam ist schon im Haus verschwunden, und mir bleibt nichts anderes übrig, als ihr zu folgen – durchs Wohnzimmer raus auf die Terrasse.

»Wahnsinn!«, rutscht es mir raus, ansonsten bin ich sprachlos. Martens müssen den ganzen Tag damit beschäftigt gewesen sein, den Garten in eine Partymeile zu verwandeln. Unzählige Stehtische stehen um den Pool herum – in weißen Hussen und mit Teelichtern dekoriert, die Bar ist schon bestückt, und meterweise Kabel wurden verlegt, um die Musikanlage und Hunderte von Lichterketten mit Strom zu versorgen.

»Tja, solange meine Eltern das hier planen konnten, mussten sie nicht weiter über den Abschied nachdenken.« Sam lächelt, fast ein bisschen traurig. »Und ich auch nicht.«

»Wie viele kommen?«

»Mit euch wären es vierzig gewesen.«

»Vielleicht kommt Jasper ja …«

Sams Verwirrung macht mir klar, dass sie noch nichts weiß. Nicht mal auf das übliche Getratsche kann man sich in diesem Kaff verlassen. »Ich hab ihm deine Einladung gezeigt, aber ob er kommt, weiß ich nicht.« Ich setze mich an die Bar und öffne die Colaflasche, die Sam mir rüberschiebt.

»Erzähl!« Auch sie zieht sich einen Stuhl ran. Einen Ellenbogen auf der Theke abgestützt, den Kopf in ihre Hand gelegt, schaut sie mich interessiert von der Seite an.

»Wir haben uns getrennt.«

»Echt? Warum das denn? Ich hab gedacht, jetzt, wo der ganze Scheiß rum ist …«

Ich weiß nicht, wie ich ihr das erklären soll. Es gibt

nicht den einen, alles entscheidenden Grund. Wir haben in den letzten Tagen so viel geredet – Jasper und ich. Über das, was war. Wie es weitergehen soll. Und ob noch was zwischen uns ist. Jasper ist da ganz sicher, ich nicht mehr. Und das hat nicht nur was mit den letzten Tagen zu tun.

»Es ist einfach zu viel passiert.«

Sam sagt nichts. Sie kratzt mit dem Finger an einem Fleck auf der Theke rum und nickt nachdenklich. »Hast du was von Emma gehört?«

»Wer ist Emma?«

Das Kratzen hört auf. »Das kannst du gut, oder?« Sams Stimme klingt wie immer – unschuldig und nett, aber als sie hochschaut, trifft mich ihr kühler Blick. »Leute komplett aus deinem Leben streichen.«

In mir wird es kalt. So kalt wie die Colaflasche auf dem Tresen, an der ich mich festklammere. Meine Hände frieren, aber ich lasse nicht los, kneife die Augen zusammen und drücke noch fester zu. »Das mit dir tut mir leid!«

»Für mich war das echt schlimm.« Sam räuspert sich leise. »Aber bei Emma kann ich dich verstehen. Die wär für mich auch gestorben.«

Meine Hände lassen die Flasche los, und ich schaue vorsichtig zu ihr rüber. Sams Augen sind wieder weicher. Schade, dass sie weggeht.

»Mir ist es mittlerweile sogar egal, ob sie verknackt

wird oder nicht. Am liebsten wär's mir, sie würde einfach verschwinden.« Auch aus meinem Kopf.

»Hast du gehört, dass sie bei Hannes noch mehr gefunden haben?«

»Nee.« Kein Wunder, bin ja kaum vor die Tür gegangen. »Was denn?«

»Fotos. Hat der wohl schon öfter gemacht. Jemanden fotografiert oder gefilmt und dann erpresst. Bei dem Einbruch in die Schule bei euch auch.«

»Echt?« Hannes war also der Schatten? »Du meinst, zusammen mit Marek und Tim?«

Sam nickt und fängt an zu grinsen.

»Was?«

»Hannes sollte wohl nur Schmiere stehen, hat dann aber lieber Fotos gemacht. Tja … und dadurch wurden sie erwischt. Der Hausmeister hat ihn draußen gesehen. Hannes konnte noch abhauen, die anderen beiden aber nicht.«

»Aber … Das macht doch keinen Sinn. Ich meine, wieso haben Tim und Marek das Arschloch dann noch die ganze Zeit gedeckt?«

»Neben den Fotos hatte Hannes wohl noch ein Filmchen von den beiden gedreht.« Sams Grinsen wird breiter, und ich setz die Colaflasche lieber wieder ab. Vorsichtshalber.

»Mit welchem Titel?«

»Hm … Moment …« Sam lässt mich nicht aus den

260

Augen, beißt sich auf die Unterlippe und kann kaum noch ernst bleiben. »Ging irgendwie um das gezielte Gießen von einer Palme im Lehrerzimmer.«

»Nee!«, platzt es aus mir heraus. Tim und Marek pinkeln die heilige Yucca des Direktors voll! »Wie geil ist das denn!«

»Na ja, die hatten wohl tierisch Schiss, dass Hannes das irgendwo hochlädt. Zumindest solange noch die Hoffnung bestand, dass sie das Abi nachmachen dürfen.«

»Wahnsinn! Für das Kaff war in der letzten Zeit hier ziemlich viel los.«

Sam spielt mit ihrem Pferdeschwanz, lässt ihn immer wieder durch die Finger gleiten. »Willst du wirklich hierbleiben?«

»Wieso, hast du noch 'nen Platz frei?«

Sam lacht. »Bibi und Tina, Folge 314: Eine zauberhafte Weltreise!« Auf ihren Lippen liegt ein bedauerndes Lächeln, als sie den Kopf schief legt und mich anschaut. »Schade eigentlich.«

Wie gerne würde ich mitkommen! Ich hab hier niemanden mehr.

Mir ist alles zu eng, ich spür das im Hals. Als ob mir jemand von innen ein Tuch in die Kehle drücken würde.

Ich trinke meine Cola aus und stehe auf. Zeit zu gehen.

»Ich mach es später auf, okay?« Sam legt mein Geschenk hinter die Theke – eine alte CD von mir: Bibi und Tina, Folge 6: Der Abschied.

Dann kommt sie hinter mir her, über die Terrasse, durchs Wohnzimmer, zur Tür.

»Schreib mal zwischendurch«, flüstere ich ihr ins Ohr, als wir uns zum Abschied fest drücken. »Meine E-Mail-Adresse hab ich dir aufgeschrieben.«

»Mach ich.« Sam seufzt leise und streichelt mir vorsichtig über den Rücken. »Und du rockst hier das Kaff, okay?«

Ich nicke, weiß aber in diesem Moment, dass ich auch nicht bleiben werde.

ICH steige aus der U-Bahn und laufe zum Ausgang. 11:20 Uhr hat er gesagt, das heißt, mir bleiben nur noch fünfundzwanzig Minuten. Auf der Rolltreppe ist es voll, und bevor ich mich da durchquetsche, nehme ich lieber die Treppe. Scheiße! Warum hat das beim Amt so ewig gedauert?

Ich muss nicht lange suchen, ich sehe ihn am Gleis stehen. Er lehnt an einer Werbetafel, ein Bein abgestützt, die Daumen in den Hosentaschen, vor sich sein großer Trekkingrucksack. Sein Blick geht in meine Richtung. Hat er mich in der Menge schon entdeckt? Ich bleibe stehen, um kurz Luft zu holen. Warum ist er nur so entspannt? Viel zu entspannt für meinen Geschmack, das macht mich nervöser, als ich es eh schon bin.

Er hat mich gesehen, ich erkenne ein Lächeln auf seinem Gesicht, zurückhaltend zwar, aber das war mir klar. Schon der Ton seiner SMS heute Morgen hat deutlich gemacht, dass er von diesem Treffen nicht viel hält. Und er scheint seine Meinung nicht geändert zu haben. Er kommt mir nicht entgegen, bleibt vor dieser blöden Werbetafel stehen und stößt sich erst dann langsam mit dem Fuß von ihr ab, als ich schon fast vor ihm stehe.

»Hi, Kim.« Seine Daumen bleiben in den Hosentaschen, sein Blick ist distanziert, und zwischen uns ist viel zu viel Platz.

»Hi.« Ich zieh das jetzt trotzdem durch, egal, ob ich mich blamiere. »Ich wollte dich noch mal sehen, bevor du fährst.«

»Echt?« Er schaut an mir vorbei, aber an der Art, wie er sich dabei über den Nacken fährt, sehe ich, dass es ihn nicht kaltlässt. »Ich hab die letzten Tage immer auf 'ne Nachricht von dir gewartet. Selbst gestern Abend …« Er schüttelt niedergeschlagen den Kopf, sein Fuß zerquetscht eine rumliegende Zigarettenkippe. »Ich hab echt gehofft, du würdest noch mal vorbeikommen. Aber jetzt?« Er schaut auf die Anzeigetafel, dann hilflos zu mir. »Was soll das jetzt noch?«

»Ich hab Zeit gebraucht. Zum Nachdenken.« Ich weiß nicht, wie ich das alles so schnell erklären soll. »Bei mir ist ganz schön viel kaputtgegangen.«

»Ach, scheiße, komm her!« Ben greift nach meinen Händen und zieht mich zu sich. Endlich! Er vergräbt sein Gesicht in meinen Haaren, und ich seufze auf. Meine Hände wandern ganz langsam an seinem Rücken rauf und runter, ich spüre jeden seiner Muskeln, höre seinem Herzschlag zu, atme seinen Duft tief ein. Ich muss mir alles einprägen, alles aufsaugen und abspeichern. Ben fliegt heute.

»Dich noch mal zu sehen …« Bens Stimme bricht. »Das macht es mir noch schwerer.«

»Sag mal …« Ich löse mich wirklich ungern von ihm, aber es muss sein, zumindest kurz. »Wie lange dauert eigentlich die Post zu euch?«

»Wochen!« Ben lacht. »Wenn sie überhaupt ankommt. Aber wir haben Internetanschluss. Wieso fragst du?«

»Ich …«

»Kim.« Ben streicht mir eine Haarsträhne aus dem Gesicht, legt dann seine Hand an meinen Hals und lässt seinen Daumen ganz sanft über meine Wange gleiten. »Das geht nicht.«

»Jetzt wart doch mal!« Ben bringt mich völlig durcheinander, die Spur, die sein Finger hinterlassen hat, kribbelt nach, und bevor noch mehr passiert …

Ich fingere aus meiner Tasche einen braunen Umschlag heraus. »Wenn das mit der Post so schwierig ist, dann nimm den doch bitte mit.« Meine Hände zittern gewaltig, als ich ihn Ben hinhalte, ich bin nicht mal halb so cool wie geplant. Aber Ben scheint davon nichts mitzukriegen, er starrt nur auf den Umschlag.

Dann schaut er zu mir, die grünen Sprenkel leuchten mich an, ich sehe seine Grübchen, sein Lächeln blitzen. »Du kommst?«

Ich nicke, aber Ben sieht es nicht, er öffnet den Umschlag, zieht wahllos einige Seiten heraus, muss sich wohl vergewissern, dass es stimmt. Er sagt kein Wort, lässt mich völlig in der Luft hängen, schiebt die Seiten wieder rein, dreht sich um und steckt den Umschlag vorsichtig in seinen Rucksack. Ich beobachte ihn, werde immer hibbeliger, weiß nicht, ob er das mit Absicht macht. Seine Bewegungen wirken langsam, völlig ruhig, warum hat er sich nur so dermaßen im Griff?

Dann dreht er sich endlich um, kommt auf mich zu, und als ich in seine Augen sehe, weiß ich, er hat gar nichts mehr im Griff. Wir haben uns schon so oft berührt, waren uns schon oft so nahe. Aber das hier ist was anderes. Wir wissen beide, dass uns nichts mehr zurückhalten wird, dass jetzt nichts und niemand mehr zwischen uns steht. Bens Augen lassen mich nicht los, ich spüre seine Hände, die mein Gesicht berühren und es sanft zu sich ziehen. Er lehnt seine Stirn an meine, sein Atem geht unruhig, meiner schwer. Ich muss mich irgendwo festhalten, meine Hände gleiten über seinen Rücken und umklammern ihn. Ben lächelt mich an, und dann spüre ich ganz sanft den warmen Druck von seinen Lippen auf meinen.

Was ist schon normal?

Simpel spielt gern mit Playmobil. Er sagt: »Hier sind alle total blöd«, wenn hier alle total blöd sind, und er kann total schnell zählen: 7, 9, 12, B, tausend, hundert. Simpel ist zweiundzwanzig Jahre alt, doch mental ist er auf der Stufe eines dreijährigen Kindes. Gut, dass sich sein siebzehnjähriger Bruder um ihn kümmert. Doch Simpel zu betreuen ist alles andere als simpel. Und als die beiden Brüder in eine Studenten-WG ziehen, da wird es erst recht kompliziert. Doch nach anfänglichem Misstrauen können die Mitbewohner gar nicht anders, als Simpel ins Herz zu schließen!

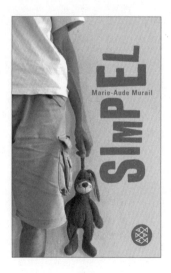

Marie-Aude Murail
Simpel
Aus dem Französischen
von Tobias Scheffel
Band 80649

fi 80649 / 1 / a

Waschen, Schneiden, Leben

»Mir egal«, sagt Louis. Seine Großmutter hat ihm gerade vorgeschlagen, sein Praktikum im Salon Marielou zu machen. Bei einem Friseur! »Nur über meine Leiche«, sagt Louis' Vater. »Voll uncool«, sagen Louis' Freunde. »Mir egal«, sagt Louis. Doch als er anfängt, ist ihm auf einmal gar nichts mehr egal. Er will sein eigenes Leben leben. Auch gegen den Willen seines Vaters. Ob Marielou ihm dabei helfen kann?

Der neue charmante Roman von Marie-Aude Murail, die für ›Simpel‹ mit dem Deutschen Jugendliteraturpreis ausgezeichnet wurde.

Marie-Aude Murail
Über kurz oder lang
Aus dem Französischen
von Tobias Scheffel
Band 80946

Fischer Schatzinsel

Der Sommer, der alles veränderte …

Die fünfzehnjährige Daisy aus New York verbringt die Ferien bei ihren exzentrischen Verwandten in England, die idyllisch auf dem Land leben. Dort verliebt sie sich in ihren Cousin Edmond. Doch urplötzlich wird Großbritannien von Bombenanschlägen erschüttert, es bricht ein Krieg aus, und Daisy und Edmond werden getrennt. Sie erleben die Wirren und die Grausamkeiten eines Krieges, den keiner versteht, und versuchen zu überleben. Und sie suchen einander …

Meg Rosoff
So lebe ich jetzt
Aus dem Englischen
von Brigitte Jakobeit
Band 81110

Fischer Schatzinsel

fi 81110 / 1

Unsere Zettel an der Kühlschranktür

Claire und ihre Mutter verpassen sich ständig. Dann hinterlassen sie sich Nachrichten an der Kühlschranktür – mit Einkaufslisten, Verabredungen, kleinen Geschichten aus ihrem Leben. Bis Claires Mutter eines Tages eine Entdeckung macht, nach der nichts mehr ist wie zuvor. Und Mutter und Tochter auf den kleinen Zetteln so viel mehr unterbringen müssen als bisher ...

Ein ganzes Leben, ein ganzer Roman in Botschaften an der Kühlschranktür – tief berührend und voller Liebe.

Alice Kuipers
Sehen wir uns morgen?
Aus dem Amerikanischen
von Anna Julia Strüh und
Christine Strüh
Band 80766

Fischer Schatzinsel

fi 80766 / 1

Ich bin Malala – und dies ist meine Geschichte

Als die Taliban die Macht in Pakistan übernahmen, sollten Mädchen nicht mehr zur Schule gehen. Doch Malala ließ sich nicht einschüchtern und kämpfte für ihr Recht auf Bildung. Am 9. Oktober 2012 schossen ihr Terroristen in den Kopf, als sie auf dem Weg von der Schule nach Hause war. Sie überlebte den Anschlag schwer verletzt, doch aufgegeben hat sie nicht – im Gegenteil: Sie ist zu einer Symbolfigur für den Frieden und zum Vorbild vieler Jugendlicher auf der ganzen Welt geworden. Zusammen mit Bestsellerautorin Patricia McCormick erzählt Malala von den Ereignissen in Pakistan – von Schulzeit, Freundinnen und zunehmenden Anfeindungen der Extremisten, von ihrem Widerstand und wie ihr Leben dadurch eine tragische Wendung nahm.

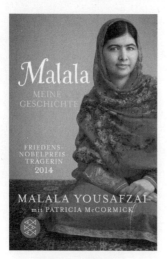

Malala Yousafzai mit
Patricia McCormick
Malala – Meine Geschichte
Aus dem Englischen von
Maren Illinger
Band 81253

Das gesamte Programm gibt es unter
www.fischerverlage.de